河出文庫

みがけば光る

石井桃子

JN192622

河出書房新社

もくじ

みがけば光る

きれいな手

　先日、ある先生のお話の会にいったとき、ふと話していらっしゃる先生の手に気がついて、びっくりした。つややかで、ほっそりして、女の手のような、というよりも、たいていの女の手よりもきれいな手だった。その人は、話に夢中になって、その手をくんだり、ほぐしたり、ふりまわしたりしていた。私ははじめ、お話がおもしろくて、そっちにばかり気をとられていたのだが、そのうち、その手に気がつくと、堂々たる体格の人だっただけに、とても奇妙な気がし、しまいには少しきみがわるくなった。

　いったい、その人は、その手で、毎日何をするのだろうと、私は考えた。顔を洗ったり、ごはんをたべたり、そのようなほかの人にやってもらえない仕事はべつとして、そのほかのことは、物を考えるとき、髪の毛をむしったり、タバコをすったり、電車のつり皮にぶらさがったり、子どもの頭をなでたり、演説のときにふったり……けれど、ほかの仕事、たとえば、人間が生きるために必要な労働としては、どんなことをするのだろう。おそらく、本やペンより重いものを持ったことがないのじゃないかな、というようなことを考えながら、私はその手を見ていた。

いったい、日本の男の人の手は、きれいなのだそうである。まだ学校にはいっていたころ、アメリカ人の先生が、日本の男の人の手が、世界じゅうの男の手の中で一番きれい(その人は、「美しい」ということばを使った)ということを授業中に言ったことがある。そう言えば、このごろちょいちょい見かける機会のあるようになった西洋の男の人の手は、ふしくれだっていたり、毛むくじゃらだったりするから、ほんとうによその国から来て、優にやさしい日本の男の人の手を見たら、世界一と見えるかもしれないし、また、じっさいのところ、多少とも文明国の仲間入りをしている国のうちで、日本の男の手が、一番きれいなのかもしれない。

私の周囲の家庭を見まわしてみると、まず中の下というところで、男もたいていのことはする階級だけれど、それでも一家のうちで、男が一ばん手を使わないということができそうである。ひとのことを例にとるのは、わるいから、私の育った家のことを考えてみても、父は勤めて、字を書いたり、人と話したりを一日の仕事としていた。家に帰って来てからは、すきな盆栽つくりをした。そして、人間がふつう生きてゆくためにしなければならない力仕事、手仕事は、小さい非力な母の役割だった。また、いま、男の子だけを相手にして生きている姉の生活などになると、気のどくで見ていられないくらい、朝から晩まで、あくせく、あくせくの連続である。そして、もちろん、母の手も、姉の手も、けっして美しくはなかった。

こういうことは、私の家族や姉の家族のだれに悪意があって、おこなわれていることでもない。ただ日本の世のなかが、そういうしくみになっているのである。そして、いち番こまるのは、そうして手を美しくなくしている間に、（いや、そういう手こそ、美しいのだと言う人もいるようだが。そうすると、日本の男の手は、世界じゅうで、一番美しくない、ということになるのだろうか。）ラジオを聞くぐらいが関の山で、本を見れば、いねむりが出るようになる。選挙になっても、だれに投票していいか、わからない。「どの政党がいいと思いますか。」という輿論《よろん》調査に「わからない」と言う組にはいるようになるのである。

先日、新聞の輿論調査で、女の人の五十五パーセントが「わからない組」だというので、みんなにあきれられた。私は、かなしかったが、あきれることはできなかった。それは、「わからない」と答えたのは、私たちの母や姉や、また、げんに私たち自身なのである。こういうしくみの世の中に生きてきて、新聞や雑誌もゆっくり、読めない人間に、また読んでもわからない人間に、この複雑な世の中を、そうやすやすとわかれと言ってもむりなのだ。わからないと答えた彼女たちは、正直なのだ。

そこで、美しい手の持ち主たちの任務は重いと、私は考える。その人たちは、知っても知らないでも、いつの間にか自分たちがふみ台にし、めくらにして来た人たちの目にならなくてはならない。大勢のきたない手の人たちをたちあがらせ、歴史や経済の流れをやさしく話して聞かせて、物がわかるようにしてやらなくてはならない。一刻も早く、と、私は考える。

仏頂づらは不道徳

若いころ、少し年上の婦人から、多勢の社会で生きてゆくのに、ひとに仏頂《ぶっちょう》づらを見せるのは不道徳だと教えられたことがある。おそらくその人は、そんなことを私に言ったことなど忘れてしまったろうと思うけれど、それから二十年、その人の仏頂づらを見たことがない。このごろのような時代では、これはなかなかやさしいことではない。

街で美々《びび》しく着かざった女の人が、八の字をよせ、とてもこわい顔をして歩いているのに会うことがある。その人の前に、鏡をだして見せたら、びっくりするんじゃないかな、と、私はよく考える。おそらく、そのこわい顔はその人が、自分で鏡をのぞいて見た時の顔とは、似ても似つかないものではないかしら。

いつか、駅で人を待っていたことがある。つかれてつかれていたけれど、友だちをどこかへ紹介するためにつれていく約束だった。待つ人がなかなかこないので、イライラしながら立っていたとき、ひょいと肩をたたかれた。びっくりして見ると、思いがけなく、知人が笑い顔で立っていた。私は、その人の笑顔が、鏡になって目のまえにつきだされたような気がし、木のようにかたくなっている自分の顔をほごすのに、骨がおれた。

戦争中に、身ぢかな老人について、ときどき外出したことがある。電車にのるたびに、彼は言った。「このごろの日本人はどうしたのだ。たまに外に出るたびに人相がわるくなっている。悪いことをしているからだぞ。」

先日、私に仏頂づらをするなと教えてくれた婦人が、偶然、通りを歩いているのを見かけた。人ごみだったので、ニコニコはしていなかったけれど、キリッとした顔していそいで通りすぎてゆくのを、私はうれしい気もちでだまって見おくった。

根無草

もし、いま、東京の銀座あたりの風俗を、日本の山おくの、東京を見たこともない人たちが見たら、私たちがニュー・ヨークへいってびっくりする以上に、びっくりするのではないかしらと、私はときどき考える。

終戦直後は、東京の風俗もいなかの風俗も、それほどにちがいはしなかった。そのころはどちらにいてもなりふりかまわず、はだかでなければ、ありがたく思えたような気がする。ところが、終戦後も、しばらくいなかにいた私は、半年に一度くらいの割合いで東京に出るたんびに、かわってゆく東京の姿におどろかされた。

女の人の服装は、どんどん色がついてゆくし、お化粧もはでになった。こういう変化は、東京にずっと住んでいた人にはそれほど感じられなかったにちがいない。けれど、いなかの自然、色も形も自然なものばかり目にしつけたおのぼりさんには、時には異様に見えることもあった。

あるとき、私は、やはりひさしぶりに上京して、東京にずっと住んでいた友だちに、このごろの東京の若い女の人は、すねた顔をして歩いているようにおもうが、どうだろうと聞いたことがあった。するとその友だちは、あれは、そういう顔をしているというより、お化粧のせいなのだと教えてくれた。それで気がついてみると、なるほど、そんな顔に見えるのは、まゆのひきかた、口紅のぬりかたのせいもだいぶあるらしい。たまには、外国の映画女優のスティルのような顔を動かさずに歩いている女の人もいた。私は、あの人、ずいぶん顔がくたびれはしまいかと言って笑われた。とにかく、なりふりかまわずになれてしまった私には、見ているだけで肩がこる思いがしたのだ。

それから、何年かして、私も東京で暮らすようになり、毎日、雑踏の街を歩くようになってからは、あまりそういうびっくりはしなくなったから、まことにおかしなものである。それは、私がなれたというよりも、東京もまた、あのあわただしい解放の空気からおちついて来たのだろう。

それでもまだ私は、東京の私たちが、日本のいままで経てきた生活からあまりへだたり、その文化から根をひっこぬかれた姿で生きているような気がしてしかたがない。なぜ、私たちは、必要以上に肩をはった服を着たり、この寒い日本の家で、ナイロンの靴下を（しかも、この貧乏さかげんで）つけなければならないのか、私にはわからない。私たちは、なぜ私たち自身の気ごこちのよい、らくな、はたらきやすい、しかも美しい服装をしないのか。

私は、もう若くないせいか、きゅうくつなものは、まっぴらになってきた。私は、からだにらくな、便利なものを着てゆこう。そして、日本のもっていた美しいものを忘れないようにしようと思っている。

外がわと内がわ

私は、「おしゃれ」の雑誌にものを書く資格がない。なりふりについて関心をもつことを、いけないなどとは、さらさら思っているわけではないのに、そういうことには、ポカンとぬけてしまうからである。

ある時、私はAという友人とつれだって、BとCという友だちに会った。私は、両方の友だちと知っているけれど、Aは、BとCとをそれまで知らなかった。しばらく話しあってから、また、Aと私は、B、Cにわかれて帰ってきた。

ふたりになると、Aは、言った。

「あの黒い着物を着てた方ね」

私は自分ながら、あきれたけれど、B、Cのうち、どちらが黒い着物を着ていたのか気がつかなかった。髪型や顔つきはどんなだったかの説明を聞いて、はじめてそれがBだとわかったのだけれど、それからあとAと話しながら家まで帰ってくる途中、私はだんだんゆううつになってくるのが、自分でわかった。

Aの話というのが、「あの方、きれいね。いくつかしら?」とか「まだおひとりなんですか?」というようなことだけに終始していたからである。BもCも、とてもおもしろい女性で、その人たちの考えていること、していることの一端でも話に聞いたら、Aは、とても得るところがあるのではあるまいか、と思って、私はAをつれていったのである。ところが、Aはその人たちの着物と顔を観察しただけであった。

しかし、Aが、BとCの外がわを問題にしたとすれば、私は内がわだけに気をとられて、かれらがなにを着ているかさえも気がつかなかった。これもどうかしている。私のゆううつの原因の半分は、このことにもあった。

人間ならこの内がわの興味と外がわの興味のつりあいがとれている時、一ばん美しくなれ、そして年をとらないでいられるのではないかと思う。ところが、それが、なかなかむずかしいことらしい。私は、自分が内がわに気をとられてしまうほうだから、そのほうが「外がわ組」より上等だというつもりは、ちっともないが、それでも、外がわのまねは、一応はやさしいし、それにいまの世の中が、そっちへそっちへと若い人をひっぱってゆく方向にあるのだから、ご用心、と若い女性たちに言いたいのである。

私は、よく東北のいなかに出かけていく。東北本線から小さい私線にのりかえて、田んぼの中をゆられていきながら、このごろ、よく考えるのは、都会もいなかも、若い人の服装はかわりがなくなったな、ということである。まゆの描き方も、髪型も、しゃれた外套《がいとう》のスタイルも、その人を将棋のこまのように、ひょいとつまんで、東京の都電の中に立たせた場合、ちっとも場ちがいには感じられないと思われるような人が、かなりたくさん乗っている。東京どころか、ニューヨークやパリにつれていったって、そこの人たちが、けっしてびっくり仰天しない場合だってあるだろう。ニューヨークやパリの女たちが、ひとり残らずごく上等な服を着たり、シックであったりはしないのだから。

ところが、中味のほうはどうだろう、と、私は、また考えてしまう。外がわは、一応おなじようでも、物の考え方、たべる物の味わい方は、地球の表と裏ほどもちがうのではないだろうか。パンとバタと肉をたべ、家のなかは暖房されて冬もブラウス一つですむところにいる人間と、みそ汁と米の飯をたべて、家に帰れば、いろりのそばにすわらなければいけない人間と、おなじようすができるものだろうか。

このごろは老人たちもテレビや映画などで、ごく尖端の風俗を見なれているから、世の中は、そうかわってきたのだろうと思っているかもしれない。けれども、私には、もんぺをはき、ほそい袖のはんてんを着て、さっさと働いている農家のおっかさんのほうが、寒いのに気ばってタイト・スカートにナイロンのくつ下をつけているむすめさんよりも、美しく見える。

私は、今年の成人式の日に、この二つの世代の典型的なすがたが、いなか道ですれちがうところを見て、カメラをもっていなかったことをたいへんくやしく思った。その場の風景は、日本の服装が、どっちへむいていけばいいのかについて、なにか考えさせてくれる種を提供してくれるように思ったのである。

あともどりがいいというのではない。けれども、生活とむすびつかないところにとんでいってしまうことは、美しさもなくしてしまうことだろう。

脳を使わない人

先日、私の家の近くで、ショッキングな事件がおこった。宵《よい》の口のみじかい時間に、女の人が四人も、こん棒のようなものでなぐられて、大けがをした。

私の家では、その晩、友だちが四人集まり、大声をあげて議論をしていた。それで、私は、そのさわぎをちっとも知らないで、夜なか近く、「おやすみなさい」と、くらやみの道へ友だちを送りだしたものである。あとで聞いたら、私の家に泊っている女学生は、たてつづけになる救急車のサイレンの音に、何がおこったんだろうと思っていたそうである。

そのつぎの日、私は、いそぎの用があって、朝刊も見ずに外出した。すると、出先であう人が、みな、「ゆうべは、お宅の近くでたいへんでしたね」という。

こちらは、何も知らないので、けろっとして、「なんですか?」と聞くと、「通り魔ですよ。こわい男が出て、大ぜい女の人がけがをしたそうですよ」という。早速、新聞をみせてもらうと、なるほど、私の家のすぐそばだ。いままでも、そういう記事をひとごとのように思ってきたわけではないが、じぶんの住んでいる町名、また、わが家の番地にごく近い数字が、血なまぐさい新聞記事になっているのをみると、いやァな気がした。すぐ、家にいる女学生に、夕方は、早く帰るようにいわなければと思った。

その日は、用がたてつづいて、私は、夜まで家にかえれなかった。が、夜の会であった友人も、私の顔をみるなり、「ゆうべは、たいへんでしたね」とはじめて、「だけど、つかまりましたよ。さっき、ラジオでいってたから、だいじょうぶですよ」

へえ、ラジオでもさわぐようなことだったのかと、私は、その事件を全然知らずに、前の晩、のん気にねむって、たいへんとくをしたなと考えた。家にもどってみると、家にいる女学生は、午後早く学校からかえってきてしまったというので、大笑いしながら、ぶじを喜びあった。新聞でみると、犯人は、気の小さい、まじめな左官屋さんだったそうだ。

その後、この事件がうわさに出た時、ある友人は、あれは精神病だよ、と片づけた。もう一人の友人は、その男の気もちが、じつによくわかる、じぶんも、あんなことをやりかねない、ひとごととは思えなかったと、しずんだ顔をしていっていた。

じっさい、いまの世のなかは、複雑だ。いろんな人が生きている。おなじような顔をして、おなじようなことばを使っているから、大体、おなじようなことを考えているように思うけれど、これで、頭のなかが、その働きによって、色分けでもできるしくみが発見できたら、どんなにさまざまな人間が、一つの社会にいることがわかるだろう。大脳というものは、使えば使うほど、発達するものだと聞いたが、その大脳をほとんど使わずにすましている人間がいるかと思えば、その大脳をみがきにみがいてたいていな人間にはわからないようなことを考えている人間がいる。そういう人間は、前の時代には、思いもおよばなかったことを考えだす。そして、それによって、世のなかがかわる。すると、あまり大脳を使うチャンスもなく、半分ねむったようにしてきた人間も、その新しい社会につれてゆかれる。

あまり考えない、しかし、のんびりした人間は、いっそしあわせである。目のまえに理解しがたいことがあらわれても、なやまずにすむ。

ある時、汽車にのったら、素朴な老夫婦がのっていた。汽車のなかの便所は、なかに人がはいっていると、外に赤い電気がついて、使用中ということが、車内の人にわかるようになっている。それが、おばあさんには信じられない。便所までいって、現実になかに人がいることを確かめなければならないということで、おじいさんとけんかをして、便所の戸をたたきにいった。なかの人がたたきかえすのを聞いて、おばあさんは納得したのである。

しかし、このテンポで、いちいち、ためしてから生きていったのでは、まにあわない人たち、そして、気の小さい人たちは、はんもんする。どういうわけかで、いくら働いてもうまくゆかない。なれた仕事を新しいのにきりかえ、やってみるが、これもうまくゆかない。あまり使いつけない頭は酷使されたあげく、何か感覚的なむしゃくしゃという突破口を見つけて、爆発する。あの左官屋のような人は、善人なんじゃあるまいかと、私は考えた。

人間くささ

いま私は、晴れた日も雪のチラつく東北のある山あいの家で、着ぶくれて、こたつにあたっている。あるったけ着こんで、ぬかるみをこねて歩くここの生活と、ついひと月まえまでの三ヵ月間、見てまわってきた欧米での生活との差が、私の頭を混乱させ、とまどわせる。

ことにアメリカでは、生活は便利な方へ、人の手を使わない方へと、機械化の一途《いっと》をたどっているように見えた。じっさい、六年ぶりに訪れたニューヨークの都市全体の変化が、私を驚かせた。たとえば、このまえ私が滞在したころ、三番街《サード・アヴェニュー》といえば、道路のまん中にまっ黒い高架線の通っているきたない通りで、上品な人たちとは縁遠い地区であった。しかし、よくそこを通ると、イタリア人の魚屋さんで話しこんでいるおかみさんを見かけたり、古い机の後に坐って客を待つジプシー女を見たりして、私は非常に人間くさい興味を感じたものだった。

ところが、今度、ある日、日本の留学生の車でホテルに送ってもらう途中、見なれない、ちょっと閑散とした、きれいな大通りを走っているのに気づいて、どの通りかと聞くと、「三番街」という返事である。「ここが？」と、私が驚いた顔をすると、今度は、相手の方がふしぎそうに私を見返した。あとで考えると、二年前からニューヨークに住んでいるその青年と、六年前にそこを見た私のもつニューヨークのイメージには、かなりちがったものがあったのである。

このように社会の一地区の生活の根を一挙にひっこぬいて、「美化」してゆくことのできる財力、機械力に、私は感歎するとともに、一種の恐怖のようなものを感じた。この美化作業にともなって起る混乱を思ってもみるがいい。道路の混雑、交通機関の回路変更、何年かつづく騒音、大がかりな住民の移住。客観的にながめると、人間は機械によって右に左に運ばれるジャリのようにも思われる。東京の出たらめな混雑も人を疲れさせるが、こうした機械力さかんな文明社会に住むにも、よほどタフな神経をもたないと、人間は消耗し、落伍するのではなかろうか。

この私の感慨を例証するような友人に、私は、今度の短い旅で再会した。

かりに、彼女の名をルースといっておくと、ルースは、戦後、アメリカの占領軍が、日本のあちこちに設けた図書館の館員として、東北のある町に来ていた。当時、私も素人《しろうと》百姓をしながら、その近くに住んでいたので、その図書館を時々のぞきにいったことから、彼女と親しくなった。

その後、私がまた東京にもどったころ、彼女も東京に出ていて、私たちは、ごくたまに会うことがあった。しかし、彼女は、やがて、病気になり、療養をしたのち、日本を去ることになり、私たちは、ある夜、別れの意味で会食した。アメリカに帰ったら、どこにおちつくのだと、私が聞くと、西部に上陸して、だんだん東部に向けて旅をしながら、よい仕事の見つかったところで住みつくのだ、という返事だった。これを聞いた時、何というさびしい生涯！　という感慨が、私の胸にわいた。しかし、また、これは、身内や友人がいないとやってゆけない日本人の感情で、いたるところに仕事があり、そこで生活の切り開けるアメリカ人には、あたりまえなことなのかもしれないな、とも思った。

それから、話題が、東北に移り、私は、彼女に、いったい、あなたは、あののろい東北人をどう思うか、と聞いた。私を驚かし、私自身を反省させたのは、この時の彼女の答えだった。

「あの人たちが、ほんとうの人間ではないのかしら？　私は、東京でも働いたが、ここにいるのは、半分、アメリカ化し、機械化した人間だ。私は、ほんとうのところ、東北にいって、はじめて、ほんとの人間に出あったと思ったんですよ」

その後、彼女からは、年に一度のクリスマス・カードが来、はじめは元気だったその文面も、だんだんかんたんになり、「ここでは、人間よりも、仕事の方がだいじなのだ」「このごろ、私は、目も見えず、耳もきこえなくなった」などと書いてくるようになった。

去年の秋、私は、ニュー・ジャージーの小さな町に、番地をたずねて、たずねて、彼女が、ただひとりで病気を養っている部屋をさがしあてた。

白くなった髪をおかっぱにし、思ったより肉づきのよい顔に動かない微笑を浮べ、ねまきの上にハッピコートを羽織《はお》って、「泊っていかなくちゃいけない、泊っていかなくちゃいけない」と口早にささやく彼女を前に、私は、おていさいのようなことばかりしか口にできない私を、もどかしく思った。私は、彼女が発見した日本人についても、はげしく変るアメリカについても、話しあいたかったが、彼女のいたんだ頭が、それをうけいれることができるかどうか、わからなかった。

そして、いままた、私は、彼女の愛した東北にやってきたが、これは、また何という人間くささだろう。義理人情はからみあい、人はぬかるみをこねて歩いている。この生活が、機械力にたいして、どんな強みを示せるか、などと考え、私の心はおののく。

みがけば光る

戦後五年ほど、私は、東北のいなかに暮らしていて、半年に一度くらい東京に出てきたが、そのたびに東京のようすは、見るもの、聞くもの、のぞき目がねからのぞく景色のようにガラリガラリ変った。

はやりことばでいえば、ある時出てきて、「とんでもはっぷん」にとりまかれるかと思うと、つぎの時は、「あじゃぱー」になる、というぐあいであった。上京するたびに新しいことばをおぼえたが、そのつぎに出てくると、前のことばは使いふるされて、すてられている。

生活の流れの一ばん表面に近い、はやりことばにたとえていえば、そのころの東京のテンポ――東京と限定するのは、そのころ、マスコミの手は、今日ほど津々浦々《つつうらうら》にとどいていなかったから――は、そういうことだったけれど、そのもう一つ底のところで、オリのようにたまっていった傾向は、儀礼の廃止と敬語の減少だったかもしれない。

戦後五年で、東京に出てきて、ある会社に顔をだすようになったら、社長さんや重役さんはべつだったが、一般社員は、私におじぎ一つしてくれない。（この人たちが、おじぎをしないのは、私にたいしてだけでなく、社長さんや重役さんにたいしてもだったらしい。なぜなら、日本は、民主主義になったのだから。）

世の中はかわった、と、私は思った。アメリカでは、エチケットの本が、いつもしずかなベストセラーだと聞いたが、日本のエチケット――こういうことばが、そのころはやっていた――は、必要なくなったのか、と、私は考えた。

そのころ、私より二十ばかり年上の先生が、私につぶやかれたことがあった。

「このごろの若い人は、わたしたちが『かしこまりました』とか、『承知いたしました』というところを、『承知しました』とか、『わかりました』っていうんですね。ときどきびっくりしますよ」

「でも、先生、それ、わるい返事ということはいえないんでしょうね。時代といっしょにことばがかわるってことなんでしょうか」

などと私たちは話しあった。

けれども、戦前に育ったということは、しかたがないもので、私も、ひとから何かたのまれれば、「わかりました」とはけっしていえない。相手が年上か、儀礼をつくす場合は、「かしこまりました」というだろうし、でない時は「承知いたしました」

というだろう。（ついでにいうと、「いたす」ということばは、なんて微妙で、おもしろいことばだろう。私はすきである。）べつに、そうと規則できめているわけではないけれど、自然にそういう返事が、出てくるだろうと思う。

くどいようだけれど、戦前に育って、そういう固定観念ができてしまっているということはしかたがないもので、若い人にものをたのんで、「わかりました」と答えられると、「ブー」と鳴ることを期待していた汽笛が、「キー」と鳴ったようなびっくりさは感じる。

でも、まだ私は、「わかりました」をわるいとは断じない。わるいか、いいか、まだ答えがでないのだと思っている。「わかりました」は、わけのわかったことばだし、これから先、日本人が、しんぼうづよくこれにみがきをかければ、いい返事になるかもしれないではないか。

この「わかりました」問答のすぐあとのこと——古いことばかりならべるのは、そのころ、東北の山の中から出てきたばかりの私には、東京はおどろきに満ちていたから——ある男性の友だちが、大学で教えている女学生の手紙を、見せるともなく見せてくれた。

私は、おどろきあきれてそれを読んだのだが、それには、

「けさの空気　すこしばかりつめたくて

おいしかった。

お熱でませんでしたか。

グラジオと白壺！

壺の色がすきだな。

お元気で。」

と書いてあった。

これは、いったい、何？　詩？　それにしては、三行めがおかしい。病気見まい？　それにしては、最後の行が変である。もやもやとした、あまえた恋文？　そんなものかもしれなかった。

それにしても、新時代の学生は、先生にこういうたよりを書くのかと、私の神経は「キーキー」鳴りつづけ、この手紙をおどろきもしないでうけとっている先生を、私ははけいべつした。

じつは、私は、この手紙の文句を暗誦《あんしょう》していたわけではなく、友だちが座をたったすきに写さしてもらったのである。何年かたって、出してみて、これがまともに見えたら、私は考えなおさなければならなかった。

この原稿を書くので、その古ノートをさがしてみたら、首尾よく見つかり、私はもう一度この手紙を読んだのだが、前とおなじようにばからしかった。先生と学生のあいだに、恋愛的な気もちがあってはならないなどというつもりはない。この教師と学生のあいだには、いい精神も、いいことばを生みだす動きも、すこしもないように思えるのである。

いま、この詩(?)を写しながら、私のうけた、またしても戦前の教育のことを考えていたら、小学二、三年のころの小さいできごとを思いだした。

ある日、お掃除当番をすまし、教室のうしろのすみにある先生の机のそばを通って帰ろうとしたら、「石井さん」とよびとめられた。その先生は、男の先生で、私には、かなり年よりに見えたけれど、多分三十くらいだったのだろう。

「シュトウすんだかね?」というようなことを、その先生は聞いた。(いま思いだすと、この先生は、時どき、子どもをよんで、このように話しあっていた。)

私はモジモジして、シュトウといういみがわからないことを先生に知らせた。

すると、先生は、

「え? シュトウ知らない?」といって、そのことを説明してくれた。

ああ、シュトウって、家でホウソウをうえるといってることなんだな、と、私はさとって、その時に適応した返事をしたように思う。けれど、その時、私の気になってならなかったのは、その問題点ではなくて、ほかのことだった。

「イエス」のいみを先生にいう時、私は、「ああ」ということばを使っていたのである。

「『ああ』でなくて、ほかのことばがあるはずだ」と思いながら、私は先生のまえに立っていた。つまり、「ああ」という返事は、その時、ある顔つきで私に話している先生にたいして私がもっている気もちとつりあっていなかったのである。

そのころの家庭はのん気なもので、私の母など「先生には、こう返事するんですよ」などといったことは一度もなかったし、私も、家に帰って、学校のことを報告したおぼえはほとんどない。また、いつごろから、先生に「はい」とか、「ええ」とかがいえるようになったか、それについても、すこしもおぼえていないが、「ああ」では気がすまなくなったのは、たしかに七才か八才で、先生と向かいあってシュトウの話をした時だった。

相手にたいする、この気のすまなさが、「いたす」を生んだり、「しつれいい！」を生んだりするのだと思うのだけれど、どうだろう。

けさもけさとて、私は考えてしまったが、ある新聞社から電話がかかって、若い女の人に原稿を書けといわれた。いま書けない状態だといったら、では、会って話でもいいということだった。甥《おい》の結婚式が迫っていて――これは、ほんとうのことである――いまとてもいそがしいのだと断わったら、そのひとは「それじゃ、いいです。」と許してくれた。

「では、ごめんください。」と電話をきって、私は笑いだしてしまった。腹をたてていたら、きりがないからである。

でも、ほんとうは、笑ってすましていてはいけないのだろう。

先日、スイスから、ある夫婦が来日して、会ったのだが、その二人の話しあっているのを聞くと、たがいに「ビッテ？　ビッテ？」といいあう。そのふたりと私との共通語は、ブロークン・イングリッシュだった。そして、かれらは、夫婦間ではドイツ語を話した。私は、ドイツ語はわからないから、何を話しているのか知らぬが仏なのだけれど、あいだにはさむ「ビッテ」だけは、「いま、なんていった？　すまないけれど、もう一ど」とか、「どうぞ、もう一ど」といういみだということは知っていた。「え？」とか、「なに？」とか聞きかえすのにくらべて、なんていいことばだろうと思った。やはり、このことばだって、相手を尊重しないところには生まれなかったろうし、戦後、ドイツ語を話す人たちは、それをすててこなかった。

あるイギリスの詩人が、少年少女に「詩」について語って、ことばはだいじにしなくてはいけない、ことばは、みがけば光るものだ、詩人が使うのは、そういうことばなのだといっている。

私たちは、詩人でないから、それほどみがきはかけられないだろうが、少なくとも、使ってはすて、使ってはすてでは、いいことばも残らないだろうし、ひとにものをたのんで、「それじゃ、いいです。」で気がすんでいたのでは、いい国にはなれないだろう。

「文化の日」に考える

日本の国は、いま、たいへん金もちになったそうである。経済には、まったくうとい私だが、世界の列強といわれる国々が、日本人が食うや食わずでいたときとは、日本に対する態度をだんだんに変えてきたようなけはいだけは感ずる。しかし、日本は、その経済的な繁栄とともに、文化を向上させてきただろうか。

文化というのは、何だろう。少女時代に、文化住宅とか、文化なべとかいうようなもので、「文化」に出あってしまって以来、私は、自分から進んで文化を口にしたことは、ほとんどない。といって、べつに、文化ということば自体に罪があるわけではない。だから、私は、ここでは、私たち一般庶民の生活にうるおいをあたえるもの、私たちを人間らしくさせる精神活動といういみにとっておくことにする。

そういういみで、食うや食わずの時代は、まず別として、そこから一応ぬけだし、おちつきをとりもどした十五、六年まえと、繁栄したいまとで、私たちの生活は、どう変わってきているだろう。私は、時どき、あのころの、身辺の小さいことがらを、いくつか思いだし、いまと比較してみて、びっくり仰天することがある。

十五、六年前、私の家に一ぴきの犬がいた。私の家には、週のうち二日、近所の子どもが本を読みに集まっていたから、犬は、子どもを傷つけないよう仕つけられていた。朝七時半と午後二時半が、犬の散歩時間だった。この時間になると、犬は、私たちの都合にはおかまいなく、ドンドンとガラス戸をたたいた。たいていは、時間の節約と効果をあげるために、自転車に乗れる者が、犬をつれて出た。

そのうち、自転車でつれだすことは、危険な仕事になってきた。車がふえだし、どんな横丁にもはいりこんでくるようになったからだ。私たちは、車をよけよけ、下水溝の上をつたって、近くの原っぱにゆくようになった。まだ、広っぱは、あちこちにあった。子どもがキャッチ・ボールする空き地。犬が歩くと、背まで埋まる草原。私たちが松山と呼んでいた、武蔵野の名ごりの松が何本かあった斜面。そこでは、子どもが木登りをし、穴を掘って探偵ごっこをしていた。犬も穴掘りの仲間に入れてもらった。

ところが、こうした空き地が、一つ一つ消えはじめた。まず、第一の空き地に、入り口はどこかと心配するような木造アパートが、ぴったり、くっついて建ち、少しすると、つぎの空き地に大きな会社の寮ができた。つぎにマンション。そして、ある日、とうとう、子どもと犬の最後の牙城《がじょう》であった松山に有刺鉄線のさくがはられ、三、四軒の豪壮な屋敷が建った。犬は散歩に出ると、登校、下校中の大勢の友だちと下水溝の上であいさつしなければならない。このような散歩は、つれだし役の私たちをひどく疲れさせた。それをあわれむように、犬は死んでいった。その後も、空き地は減りつづけ、いまは、もうほとんどどこにも見あたらない。

これが、日本が繁栄してゆくにつれて、私のごく身辺におこった変化の若干である。外見上、この変化は主に空間的なものに思えるけれど、考えれば考えるほど、問題は、さまざまな方向にひろがっていって、私を縛りあげる。

昼間、干し物だけ出ていて、戸じめになっているアパートの住人たちは、どこで働き、どのようなたのしみをもっているのだろうか。豪壮な家の主人公は、どんな仕事で富を得、それをどんなに使っているのだろうか。かれらに夜のだんらんはあるのだろうか。

しかし、おとなは、ともかくも、遊び場を奪われた子どもは、どうしているのだろう。学校にゆき、塾かおけいこにゆき、あとは、テレビのまえにすわるのが、かれらにとっていちばん安全ということになったように私には思われる。テレビのまえなら、車もこないし、光化学スモッグにさらされる危険も少ない。大きな声を出すと、アパートの隣家を気にして、母親から「静かに！」といわれ、通りをとんで歩くと「あぶない！」と、おとなにおさえられ、子どもは力なくなっていく。

しかし、どなったり、とんで歩いたり、遊んだりすることを忘れた子どもほど、かなしいものはない。子どもの遊びだけは、まちがいなく内から動きだす創造的なものなのだから。

地方にゆけば、子どもは野山で遊んでいますよ、と言うなかれ。山村でも、おとなが働きに出たあと、子どもはテレビのまえにすわっている。スポンサーのだいじにする「視聴率」の威力は、都会でも、いなかでも、おなじように効くのである。

日本には「文化の日」がある。これは、おとなが、自分たちと子どものために、ほんとうに何をすべきかを考える日なのだと、私は思う。

いそがしい世の中

日本は、そして、ことに東京は、いそがしいところになってきた。このごろのあわただしさ、移り変りのはげしさは、ただごとでないという気がする。私など、ある場所に二、三カ月めにいってみると、あたりの様子がすっかり変っていて、まちがったところに来てしまったのかとびっくりすることが度々《たびたび》である。

このように、街の外見の場合もそうだけれど、外から人の心をひこうとする呼びかけ攻勢もすさまじい。テレビあり、ラジオあり、週刊誌あり、新聞広告あり、また朝夕、郵便受箱に、どっかりとはいっている印刷物ありというぐあいである。

私は、テレビやラジオや広告などは、わりに自分の意志で選択できるほうだが、印刷物には弱い。自分で物を書いたり、出版社に勤めたりした経験があるから、刷り物という形になるまでにそこにつぎこまれた人々の有形無形の精力のことを考えると、ついそれをみな、自分の部屋にもちこむ。

けれども、これをみんな読んでいたら、たいへんである。ただでさえのろい私が、二十四時間おきていたって、片づきはしない。ことに目がわるくなり、仕事さえもとどこおりそうになってきたこのごろでは、その封筒の山を部屋につんでおくことで、そのような印刷物に義理をはたそうとする。そんな時、昔、老子という人がいったという、ことごとく書を信ずるなら、書なきに如《し》かずということばが、私の大きな慰《なぐさ》めとなる。

それから、もう一つ、この印刷物に対する私のすまない気もちを救ってくれたのは、ロゲルギスト著「物理の散歩道」という本の中の「棄てる」という項である。著者に断わりなく、その中の二、三行を引用すると、そこには、「一人の人間の頭脳に収録できる情報の量はどうせ無限でないから、新しい仕事に全力をあげるためには、大掃除して今までの仕事をワスレルした方がよさそうだ」と書いてあった。また、いっそうありがたいことには、「ワスレルのにまさる対策は、余計なものははじめから頭に入れないこと」だとある。つまり、受けとったら、すぐ紙クズカゴにつっこむことなのだそうだ。これを読んだ時の私の安ど感といったら、なかった。

まだ私は気が弱くて、すぐクズカゴにつっこむところまで至っていないけれども、とにかく、ここを読んで、あと何年生きられるかわからない歳月を、いろんなことに気をとられず、できるだけしようと思った仕事に費そうと改めて決心し直したことだけは確かである。

しかし、したい仕事ということになると、私などは、「新しい仕事」というより、古い仕事なのである。前からしたいと思って、やれなかった仕事なのである。そして、その仕事に手をだそうとするごとに、なんとまあ、いままでだらしない物の考え方をしてきたものよと、ただ驚いてしまう。ことばや文字で何かを組みたてようとする者は、そのことばにどんないみがあるか、かなりはっきり知っていなければならない。ところが、ひょっと気がついてみると、うろおぼえのことばや、まちがったことばを使っていたりする。私は、このごろ、何かというと、字引きをひくようになってしまった。

これは、自分のことでも、そうだが、ひとの使っていることばも気になる。一昨日か、新聞に「南フランスのノルマンジー」とあり、はっとした。(これは、私のくせで、自分の考えとちがったことを聞いたり、読んだりすると、まず自分のまちがいかな？ と思うのである) 地図をだしてみたら、ノルマンジーはフランスの北部であった。

また、きのう見たパンフレット(これは、積んであった一冊に義理をはたしたのである) に、「いたけない子ども」ということばがあり、また私は、いままでとんでもない思いちがいをしていたなと思いながら、字引きに手をのばした。しかし、これは、「いたいけな」という方がほんとうであった。

こういうことで字引きをひくのは、おっくうではない。自分のあいまいさを一点だけでもはっきりさせせた快感がある。

このごろ、私は、仕事にしている子どもの本に関係したことで、ふしぎに思っていることばを聞く。昨日も、ある放送局の人と電話で「何かファンタジックなもので、いいものをやりたいと思っているのですが」と、そのことばを使った。ファンタジックということばは、英語の字引きには出てこなかった。英語で架空な物語をfantasyというから、それから新しくつくった形容詞と思われるのだが、かなりちょいちょい見たり聞いたりするから、だれが、いつ使いはじめて、どう広まっていったのかをたどれたら、いまの日本の文化のはげしい流れの一つがわかって、おもしろいかもしれないと思っている。

ともかく、私は、この忙しい世の中で目をまわさないよう、小さい時に教えられたことわざ、「いそがば廻れ」を守って、字引きをひきひき、仕事をしていくことにしよう。

ある連想

先日、ある盛り場の駅の前をバスで通りましたら、どぎつい映画の絵看板が三つ四つならんでいて、そのどれもこれも、あまりにえげつない題名がついていることに、あきれると同時に、こっけいな気さえしてしまいました。それにつながって、私は、映画の題名についていろいろと、バスにゆられながら考えだしました。

映画というものは、ほんとに大衆の親しみやすいものですし、映画会社の人たちも、ひとりでも多くの観衆を動員するために、ずいぶん神経をつかうにちがいありません。そこで、これでもか、これでもかというような、あのえげつなさになってしまうのでしょうが、一つ、私にふしぎに思われるのは、外国映画の題名を訳す場合の古風さです。

一年ばかりまえのこと、甥のひとりが、「ゲンダマに手を触れるな」とかいう名の映画の話をしていましたから、私は忙しくて、映画はほとんど見られないのですが、見当で、「それはゲンナマだよ。」と訂正しました。ところが、甥は、どうしてもゲンダマだというのです。

　その時は、それなりになりましたが、つぎの日、甥は、その映画のビラを近ぢかと注意して見てきたと見え、「おばさん、あれ、ゲンナマだったよ。」とあやまりました。その子の日本語の知識のとぼしさにも責任はありましょうが、わざわざ、かなをつけなくてはならないような題をつけるのは、どんなものかと思いました。

「わが谷は緑なりき」は、何年かまえに見た映画ですが、“So Green Was My Valley”という原名にも、また、同名の小説の描きだしている炭坑地の悲しみにもぴったりしている訳だと感心しました。「誰《た》がために鐘は鳴る」これは、もともと題が詩の一行ですから、こうした訳も、よくうなずけます。しかし、この時も、「誰」に「た」とかながふってはあったようですが、高等学校くらいの男の子たちが話しあっているのを聞いていましたら、「だれがために」と読んでいましたから、せっかくの名調子も、ねらったのとはかなりちがった形で、世間につたわっていったのかもしれません。

　このように、もともとが詩であったり、古風なものであったりする場合は、日本名もそうなっても、私には、なっとくがいくのですが、そうでないのが、たくさんあるのです。たとえば、「理由なき反抗」「わが愛に変りなし」「静かなる男」「誇り高き男」「愚かなり我が心」「成功の甘き香り」

　私は、こういう映画は、どれも見ていませんが、このような文語調の題をつけなければならないような内容のものなのでしょうか。「静かなる男」が、「静かな男」よりも、日本語として詩的であるとは私には思えないし、むしろ、その逆であるように思えるのです。けれども、こういう題が、映画会社で考えに考えたあげく、つけられるというのには、きっとわけがあるのにきまっています。つまりえげつない日本映画の題名とおなじように、この文語調の外国映画の題名にも、何かひみつがあるのです。そして、これは、それぞれ、ある層の人たちの心をつよくとらえるということなのではないでしょうか。

考えてみると、日本では、いまだに詩や歌が、多くの場合、毎日、私たちがたがいに話しあうことばで書かれないで、千年も、何百年もまえの人たちが使ったことばで書かれています。いま、今日の世の中で私たちが感じることを、なぜ、きょうのことばであらわせないのでしょう?

いまのことばには、いいことばがないから? 愛情のことばもないから? けれども、千年まえの日本人は、日常のことばで愛情が語れたのです。私たちは、なぜ、それができないのでしょう? 古いことばや、外国のことばをかりてこないと、思いのたけも言えなくなってしまったのは、なぜなのでしょう。

私たちが、きょう、目のまえの生活からはじめないからではないでしょうか。何か美しいものは、海のかなた、またどこかの空遠くにあるものと考えて、目のまえのことには、怠けているからではないでしょうか。

私は、秋のあるお天気のいい日、こんなとりとめのないことをつぎからつぎに考えて、バスにのっていったのですが、いよいよバスをおりるところにきて、なんでこんなことを考えていきばっているのかしらと思い、その連想のいとをたぐりよせて、あの駅前の極彩色の映画の看板にまでたどりついた時、短い時間に、長旅をしたような気がしました。

このたのしみ

よほど前のことですが、ある日本の外交官の方が、随筆に、「日本の古い芸術、たとえば歌舞伎のようなものを観賞する力は、日本人の血のなかにある。じぶんの小さい娘は、外国で生まれ、外国で育ったが、今度、帰国して、はじめて歌舞伎を見て、すぐ理解できた。じぶんは、血というものの力におどろいた。」というようなことを書いていらしったのをおぼえています。

私は、これは、どうかと思いました。もしそのお嬢さんが、生まれてすぐ外国人に育てられていたら、どうでしょう。夜の寝物語にも、お母さんの生まれ故郷の日本のお話を聞くかわりに、全然ちがった国のおとぎばなしばかり聞いて育っていたら、ひょっと日本に帰って来て、歌舞伎を見たにしても、日本人の父母に育てられたように、それをうけとることができたでしょうか。

人間が、感覚的にうけとるもの、音楽とか絵画とかいうようなものは、人間が物心つかないうちの影響が、ずいぶん大きいように、私には思えてなりません。

私の育った家は、およそ歌舞音曲《かぶおんぎょく》に縁のない家で、私が小さい時に聞いた日本音楽というものは、じつにかぎられていました。五つくらいのころ、祖母が病気になり、父がどこからか、あの大きな朝顔のような拡声器のついた蓄音器《ちくおんき》を借りてきたことがありました。祖母をなぐさめるために聞かせる序《ついで》に、近所の人も集って、ある夜、いまで云えば、レコードコンサートのようなものが開かれました。

私は、ねむくてねむくて、母のひざですねていました。うつらうつら聞いている私の耳に、「かっぽれ」やら、何かわからない、私の心をビョウボウたる無常感にさそった音楽やらが、きれぎれに聞こえてきました。それが、新内《しんない》という部類の日本音楽だということは、大きくなってから知りました。

いま、長唄も清元《きよもと》もわからない私に、新内の三味線だけは、すぐわかるのは、われながら、おどろくほかありません。

この音楽気のない私の家で、それから、少しして、なんの風のふきまわしから、姉の一人が、謡《うたい》を習いはじめました。鶴亀や羽衣《はごろも》をやっていたようです。私とすぐ上の姉は、かげで聞きながら、「日月の」という文句が、ジツンゲツンノオというように聞こえるのがおかしく、まねをしては笑いました。謡は、ことばがむずかしく、自分もそこへはいっていきたいとは、思わなかったのですが、新内のような、無常感は、幼い心にも少しも感じられず、あの声の上下を快《こころ》よく聞いたようにおぼえています。

それから、二十何年かたって、母を失い、父を失い、非常にかなしい思いにしずんでいた時のことです。昔、謡をならって私たちを笑わした姉が、お能見物にさそってくれました。

梅若万佐世《うめわかまさよ》氏の「三井寺《みいでら》」でした。子をたずねてなげく母の姿は、私の立場とは、全然反対でしたが、私は、心から打たれて、われを忘れて見とれ、聞き入ってしまったのです。あの時の「三井寺」を、シテがどうの、地謡がどうだったのと、私は分析することはできません。私は、その全体から、なんとも云えない美しさを感じ、云わば、一篇のかなしみの詩に、心をうばわれてしまったという感じでした。

その時の感銘が忘れられず、お能だけは、さそわれれば、かならずいくようになりました。それは、疲れやすくて、人の集るところへ出るのがきらいな私としては、番外なできごとでした。これほどまで、りくつなしに、私をひきつけるものを、私は幼時の記憶というか、環境に結びつけずにはいられません。姉が謡をならっていてくれてよかったと、あとになって思ったことでした。

聞けば聞くほど、見れば見るほど、ふしぎに思うのは、あの音律、舞いぶりです。母音《ぼいん》の多い日本語を、あのように快よく響かす秘密がどこにあるのか、またあの形。いつかお能の歴史を勉強して見ようと思いながら、忙しいためと、その時々に、りくつもなしに満足してしまうので、それなりになってしまいます。

先日も、観世元正《かんぜもとまさ》氏の「雲雀山《ひばりやま》」を見て、子かたの姫を庵からいざないだす姥のうしろ姿に、世にもあたたかい美しさを感じて、こういうものが、ほかの国にあるかしら、などと考えさせられました。

しかし、美しいものは、よそにもあるにちがいありません。これとは、おなじものではないにしても。ただ、私たちに、それほどぴったりわからないだけのことでしょう。そう思うと、日本人で、お能がたのしめて、まずまずよかったと思うのです。

と同時に、日本人だけわかっているのでは惜しいなあという気もしてきます。

このごろは、外国の人もよくお能を見ていますが、近くにそのような人たちが坐った時など、いったい、お能をどう見ているのか、たいくつなのではないだろうか、居ねむりでもしやしないかと、私は老婆心をおこして、心配してしまうことがあります。けれど、たいがいの場合、外人は、かなり熱心に見物しているようです。これは、私たちが、外国のオペラを見る時、一生けんめい聞くのとおなじかもしれません。

先日、お能がすきというアメリカ婦人に会って、長いあいだ、聞きたいと思っていた質問をきりだすことができました。

「あの音楽は、あなたにきみわるく聞こえませんか？」と、私は聞きました。日本語のひびきというものが、私には関心のある問題だったからです。

「ちっとも。」とその人は答えました。

その人は、お能を見にいく時の準備を私に話してくれましたが、それによると、英訳で筋をすっかり読んでいって、お能を目の前に観賞する時は、「音楽が自分をつれ去るままにさせるのです。」ということでした。

私は、その外国人が、私とおなじような方法でこのたのしみをうけ入れていることを知って、おもしろくも、うれしくも感じたのでした。そして、これからは、血の力でなく、広い理解から、一つの国の文化を、ほかの国の人々もたのしむようになるだろうな、というようなことを考えました。

サルまね

ドイツにいったとき、おもしろい経験をしました。

ドイツで、私の本が、ドイツ語にほん訳されて、訳文のほうは早くできてしまったのですが、さし絵にこまっている、早く来て、絵かきさんを監督してくれないかという手紙を、ニューヨークにいるうちに、うけとっていました。

そこで、西ドイツのミュンヘンにつくと、さっそく、絵かきさんと話しあいがはじまったのですが、なるほど、さし絵の下書きは、そのまま、本になったら、とんでもないことになると思われるものばかりでした。服装は、シナと日本をつきまぜたようなもの、顔は、目がつりあがっていて、橋は太鼓橋というぐあいです。

私は、説明しようにも、じぶんで絵がかけないので、ほとほとこまりましたが、着物は、もっていった人形の着物を見せて、えりは、こうついている、そではこう、そでつけはまっすぐと説明し、顔にいたっては「私の顔を見てください。私の目は、そんなにつりあがっていますか？」とやったのです。

絵かきさんは、こまったように「でも、そんなに全部なおしたら、日本だか、ヨーロッパだかわからなくなるじゃありませんか」と言っていました。

ところが、それから、二、三日して、ミュンヘンの町を歩いていますと、むこうから、白い顔の人にまじって、たったひとり、顔色のどす黄いろい、目のつりあがった人が、やってくるのです。そしてその顔が、先日の絵かきさんのかいた顔に、たいへんよく似ているではありませんか。

私は、ハッとしました。むこうの東洋人は、私を見て、私ほどこまかくは考えなかったでしょうが、やはり、「あ、また、黄いろい、目の細い女がやってくる」くらいは思ったことでしょう。

そのとき、私の頭にパッとうかんだのが、「私の顔をごらんなさい。私の目は、そんなにつりあがっていますか?」と、ドイツ人の絵かきさんに言っている私自身の、あわれにも、こっけいなすがたでした。私は、だれに話しようもなく、ひとり、おなかの中で大笑いしてしまったのです。

それからというもの、日本から送ってくれる、新聞などに出ているファッション記事というものが気になり、(それまで、私は、あまりそういう記事は読まなかったのです) どうしてこう八頭身とかなんとか、外国のことばかりを標準にし、それだけを美しいことのように書きたてるのだろうとふしぎでたまらなくなりました。そのような新聞をドイツの婦人に見せた時この新聞はアメリカで発行されているのかと聞かれました。私は、面くらって、日本の着物が、忙しいいまの生活には不便なために、私たちは、なんとか新しい様式を発見しなくてはならないのだと説明したのですが、相手の婦人はフにおちない顔をしていました。アメリカそのまま、フランスそのままが、日本人の生活に便利とは思えなかったのでしょう。

日本に帰ってきて、女の人のことで、一ばん美しいと思ったのは、黒髪をきりッとひっつめたすがたでした。そして、私たちは、私たちの顔を、すがたを、もう少しだいじにしなくてはいけないと思ったことでした。

日本人のはにかみ

子は親の鏡といいますが、まったくこどもを見ていると、親のすがたがわかります。そして、日本のこどもは、日本のおとなのするようなことをします。こどもは自分のまわりにおこることをまねして成長するよりしかたがないのですから、これは、当然なことですが、おとなとこどものすることの類似を見ていると、おそろしくなったり、反省させられたりします。

おかあさんがたにいわせると、家のこどもは、これこれだからこまりますといいます。ところが、おかあさんたちが、おなじ立場にたつと、ちゃんとおなじようなことをするから、少しはなれて冷静にながめていると、おかしくなることがあるくらいです。

ある農村の小学校で、三十人ほどのクラスのこどもたちと、一月に二、三回の話しあいをしたことがありました。何を聞いても、生徒が返事をしてくれません。はじめから返事をすることを放棄している子もいますし、だれか返事をしないかと、モジモジしている子もいます。だまっていられると、話しかけたほうは、こっちの言ったことをどううけとってくれたのかわからないので、前の問の上にもうひとつ問いかけたりして、なんとか手がかりを得ようとしますから、ひとりずもうに終って、最初のうちは、たいへん疲れました。

そういうこどもたちは、いつも無口かというと、そうではなく、休み時間のどたばたは相当なものです。前の時間の無言の業が、緊張であり、束縛であっただけ、うちにこもっていたものは、解放された休み時間に、わっと爆発します。これが、おなじこどもなのかしらというほどのちがいようです。

りくつで考えると、ふしぎなことでした。そのこどもたちは、わたしから何か話しかけられた時、そんなにだまっている必要はなかったのです。わたしの聞いていることがわからなかったら、

「それ、なんのことだ？　おれはわからない。」

といえば、いいのです。

ところが、それをいうことが、じつにむずかしいのです。

それからもうひとつの例をあげると、こんなことがあります。わたしが家のなかにいると、外で物音がします。そのころ、わたしの家にきて手つだっていてくれたこどもなら用をたのもうかと思って、

「何々ちゃんかい?」

と聞きました。すると、返事はなくて、物音は、依然としてガサゴソとつづいています。さては、牛が、牛小屋から出たなと——その村にあるわたしの家では、牛を二、三頭かっていましたので——わたしがとびだしますと、そこにいたのは、何々ちゃんの友だちです。

つまり、その子は、わたしが、「何々ちゃんかい?」と聞いた時、自分は何々ちゃんではないから、返事をしなかったのです。「何々ちゃんは、ここにいないよ」という返事は出なかったのです。

その子は、その時、考えたことを口にだすという人間の能力を発揮しなかった、人間である権利をすてさえしたように思えて、わたしは、たいへんかなしい気がしました。わたしの側からだけいえば、そこに牛がいたのと、たいしてちがいありません。

その子のがわからいえば、自分のすきにだまっていたんだ、返事する義務はないんだという見かたがなりたつかもしれません。しかし、じっさいは、その子は、それほどのことを考えてだまっていたのではありません。何か自分に責任のふりかかるような時、または、それほどでなくとも、自分にわからないことを聞かれた時、自分の判断で口をきかなければならないような時は、口をきかない習慣がついていたのです。それでいままでは通ってきたし、それが、いちばん安全な道なのです。

そういうことを、何度も見聞きしているあいだに、わたしはくり返してこどもたちに、「はずかしいということを忘れよう」と話しかけました。こどもは、まだいろんなことを知らないのだし、何かわからないのがあたりまえなのだから、わからなかったら、「それ、なんだ?」「なぜそうなんだ?」と聞くことにしよう、ひとの知っていることと、自分の知っていることと、やりとりして、だんだんにいろんなことを知るようになれるのが人間なんだからね、と、わたしは話しました。

しかし、幼いうちから、しみついた考え方、感じ方は、もう第二の天性になっていて、なかなかぬけきれるものではありません。それに、そのこどもたちのまわりには、おとなの世界で、毎日、このだんまりがおこなわれているのです。

このような農村で、いくつかの婦人会の会合に、傍聴者として参加してみますと、多少ともこどもたちの教室で見られるようなことが、おこなわれているのに気がつきます。ざわざわと雑談している時は、たいへん自由にしゃべることができます。しかし、集った者のなかで、自分ひとりがしゃべるとなると、これは容易ではありません。だまっていた方がずっとらくだし、安全だということになります。これが、おとながこどもにやって見せているお手本です。

いつか、たいへん印象的な集会の場面にぶつかりました。婦人会の人たちが文字どおり、粒々辛苦《りゅうりゅうしんく》してためたお金で、花嫁衣装を買ったのです。そして、それを生活改善のいみで、賃貸しをして、結婚式の簡素化を期そうというのですが、その値段がなかなかきまりません。花嫁衣装という重大な関心事だけに、新しいうちに着る人は、得だということ、最初の人には、いくらか御祝儀《ごしゅうぎ》をつけてもらわなくちゃならないということ、さまざまな意見が、べつべつな時にでなく、一度にみんなの口からささやかれて、しばらく騒然としましたが、幹事がそれをしずめて決をとることになりました。

「新しいうちは〇千円」ということで、大多数が手をあげました。

「それでは、これできめてようございますね?」と、幹事が念をおすと、また騒然となりました。

「それでは、反対の方」というと、また大多数の手があがりました。

わたしは、一時間ばかり傍聴しているうちに、何が何だかわからなくなって、そのへやから外に出ましたが、それから、二時間ほどして、やっと花嫁衣装の貸し賃はきまったということです。

わたしは、笑い話としてこのことを書いているのではありません。この会合が、わたしにさまざまなことを考えさせてくれたことをいいたいのです。しかも、その考えさせてくれたということは、いろいろ入りくんでいるので、簡単に箇条がきのようにしてあげることはできにくいのですが、わたしにとって、この婦人会のようすのなかには、たいへんうれしいことと、かなしいことが入りみだれてはいっていました。うれしいのは、農村の婦人たちが、ともかくも、共同で事をやろうと、ひとつの議事をきめ、そのことを実行にうつしているということです。

かなしいのは、大多数が、自分たちのはっきりした考えをもっていないということ、もっていれば、それを主張する気もちのよわいことです。それは、手をあげる時に、幹事のほうを見て手をあげる人は少なく、みんなまわりを見ながら、そろそろ、あげてゆき、それで「大多数」になってしまったことからでもうかがわれます。

そして、何よりもわたしを胸苦しくさせたのは、この農村の母親やこどもたちのしていることは、たいていの日本人が、立場をかえてやっていることではないかということでした。学校の先生たちが、教職員会議で発言する時の気もちはどうか、発言しないでしまう時の気もちはどうか、会社員が課長に対する時の気もちはどうか、日本の政治家が、外国の政治家にあう時はどうか。

「ちょっと待ってください。いまのところがわたしにはわからなかったのですが、もう少しよく説明してください。」とか、「自分にはうなずけないから、もうちょっと考えさせてください。」とか、わたしたちは、言わないですましてしまい、あとになって、たいへんこまることになっても、自分だけですむことなら、がまんをするし、いよいよがまんできないと、爆発的なけんかになることが多いようです。それは、わたし自身が、自分に聞いてみても、そうなるのだということがわかります。

それが、みんな、こどもの心に反映されて、こどもは小さいうちから、口をとざすことをおぼえます。
二、三年まえに、ある人と話していましたら、その人は、外国人は、はにかみを知らないから野蛮人だ、日本人のほうが、人間としてずっと上等だといいました。その後、わたしは、折りにふれて、その人のことばを思いだして考えていますが、わたしたちが、人まえで自分の意見をいう時にまず感じるしりごみは、はにかみでなく、ひっこみじあん、自信のなさではないかと思います。ここでわたしが自信というのは、何かたくさん物を知っていて、どこをつっこまれても返答にこまらないということではありません。役人を長年していると、そのようないみの手くだはできるでしょう。わたしのいうのは、わからないことはわからないということ、そういうことをいっても、人に笑われはしまいかと考えて自分を傷つけるということをしないですむ精神的な安定感です。この安心感をもった時に、人間は精神的にびっこになって、人にもたれかかったり、おんぶしたりしないですむように思うのですが、そういう状態に達するには、やはり相当な何ものかを、自分の内にもっていなければならないでしょう。
とすると、そういうものをもっていないおとなが、あすからもつようにしようと思っても、むずかしいことのようです。おとなはそうなろうとしたら、意識的にでも無意識的にでも、失敗をくり返しながら、こっけいにも思われながら、ものを言い、考えのやりとりをしていかなければなりません。そして、その結果について、自分で、あれは失敗だったな、あれはうまくいったなということの結果をつみ重ね、自分の判断をもつようにならなければなりません。

花嫁衣装の貸し賃で、賛成も反対も大多数になってしまう婦人会を傍聴して、わたしが胸苦しく感じたのは、そこに、その母親たちが考えようとする陣痛のようなものがはじまっているように見えたからです。そして、その母親たちが、人にかくれて、内証《ないしょ》で物をたべるのでなく、人前で物を食べ、語り合うようになった時に、はじめて幼いこどもたちのなかに、恐怖心なく生活する力が生まれるように思ったからです。

金魚のうんち

いつか、私のところへ、ある放送局の人が用事でたずねて来た。女の人が、二人連れであった。別に二人でなければならないほどの重要な用事ではなかった。

世間には、よく、どんな顔の人間か、見にいってやれという気持で、ひとを訪問する人もあるらしいので――らしいというのは、自慢ではないけれど、私は、一度もそういう訪問をしたことがないから――私のような者でも、顔を見たい人がいるのかと、おかしく思った。

ところが、その用事は、一度ではすまないで、もう一度、本を取りに来てもらわなければならないことになったのだが、その時も、二人が、一緒にやって来たのには驚いた。この人たちは、一人では物事が決めかねたのである。

気になりだすと、どうもこのごろは一人ですむべき用事に、二人、三人、徒党を組んで歩くのが、はやっているみたいである。

貧乏性の私は、気になってしかたがない。一人前の月給をもらって、一人前の仕事をしていなくては、その本人も気持が悪いだろうし、雇う方でも、たいへんだろう。もし三人が、一緒に出歩く場合、会社では、三人の机が、三つならんで遊んでいるのだろうか？　面積からだけいっても何たる浪費！

それに、たずねられる側でも、客が一人なら、その人の顔だけ見て返事をすればいいのだが、二、三人となると、公平にあっちを見たり、こっちを見たり、三倍くたびれる。

よく二、三人連れで来て、私を疲れさせる人たちを私はいつのまにか「金魚のうんちさん」とあだ名していた。そして、私の家にいる若い娘を「勤めに出たら、自力で、自分の責任を果たしなさい。そうしないと、精神的な足なえになるから」といましめる材料にしていた。

そうしたら、ある時、その人たちのうちの一人が、一人でやってきた。私の家の若い娘のいわく「きょうは、便秘でした」

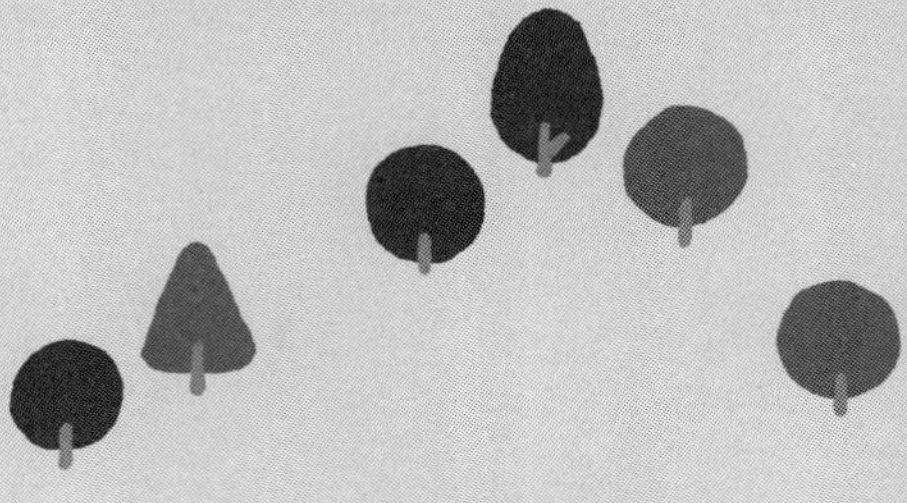

のんびり屋

大学生の兄と、女学生の姉が大喧嘩をしている。それを止めるでもなく、傍《そば》でぼんやり見ている女の子、これが幼いころの私の姿。

八人兄妹の末ッ子、官庁町と言われる浦和で、なんの刺激もなくのんびりと育ったせいか、人と争うのが大きらい、と言って、大した社交家でもありませんでした。

県立高女入学後、そろそろ洋服というものが流行《はや》りはじめて、私が姉の手になる洋装をしたのが、クラスでいちばん最初、田舎の地味な着物ばかりの中に、フリル（当時はピラピラと言いました）のたくさんついた赤い洋服は一きわ目立って、注目の的になりました。

お休み時間や帰る途中みんなで寄ってきて、さわったり引っぱったり、特に意地の悪いお友達は大きな声でひやかすのに、反抗することもできず、真赤になってうつむくだけ、今考えると、なんと可憐《かれん》な女学生だったことでしょう。

こんな調子ですから、楽しみと言っては、細長い浦和の町を気のむくままに歩くこと。町とはいえそのころは、道のほとりにたんぽぽや、れんげ草が咲きみだれ、空気が澄みきって、ほんとうに田園情緒豊か——よく一人で散歩をしました。

あんまりのびのびと大きくなったので、女子大入学後も影の薄い存在で、同級の鳴海碧子《へきこ》さんなどに比べたら、私の在学を知らない方も多かったでしょう。それに子供の世界に多少の興味はありましたけれども、特別好きなわけではなく、いったい何が動機で、現在のようになったのか、自分ながらはっきりわかりません。

「あのおとなしい桃ちゃんが——」

昔のお友達によく言われるとおり、そのころ、文筆の道に進もうなどとは、夢にも思っていませんでしたもの——。

右が桃子、左は姉の祐子

わが青春記

ことさらに「青春記」などといわれると、私は、こまってしまいます。そういうことばで、ふつう、人が心にえがくような、はげしく苦しい、そのくせはなやかなものを少なくとも、人との関係において、私は越えてこなかったからです。私をとりまいていたのは、春のはじめに、それまで厚くつつまれていたえりもとを、思わずあけさせるそよ風のようなもの、何とも説明できないあこがれでした。あまり苦しまずに、このむずかしい時期を通りすぎてしまったことについて、いま、時どき、その原因を考えることがありますが、それには、いろいろな条件が重なっていたにちがいありません。

第一に、私は、その時期にからだが、あまりじょうぶではありませんでした。春のおわりから、秋まで体もすきとおりそうなほどの、ひどい貧血になってしまうのです。これが「何とか氏病」――名まえを忘れました――だということをしったのは、よほどあとのことで、思春期からおこる病気とのことでした。

こんな病気が、若い私の心身の欲望をそいだのは、たしかでしょう。

また、私の家は、経済的にめぐまれたというのではないが、明日の生活にこまるほどでもなく、勤勉で、ごく平凡な家庭でした。私には、きょうだいが八人――のちには、六人になり、やがて、また四人になりましたが――私は、末っ子として育ちました。ですから、じぶんでは、いい身分とはけっして意識しなかったのですが、愛情その他の点において、餓《う》えない立場にあったといえましょう。

時代は、大正のおわりで、私はそのころ、県立浦和高女といわれていた学校に通っていました。家は、浦和の北の町はずれにあり、学校は、南の町はずれにありました。歩いて三十分以上の道のりを、毎日、たのしく歩いて往復しました。

道は古い中仙道で、姉や私が途中で友だちをさそって、だんだん人数をましながら、つれだって、この古い街道を北からのぼっていくと、やがて、向こうから、道を一ぱいにうずめて、まっ黒い波が押しよせてきます。町のやや南よりにある駅から、逆に北へくだる高等学校、中学校の生徒の群です。そしてまもなく、私たちは、その波のなかに没し、それをのり切って学校にいくのです。私たちは、なれっこになって、男の生徒たちの顔も、特長のある人は見おぼえるほどになりながら、べつだん、どうとも考えなかったようです。時どき、どこで待っているというような手紙が来たりしましたが、その人をつきとめることもしませんでした。

そのくせ、私は、一人でせっせと詩を書いていました。その何冊かのノートは、それから、四、五年して、自分の本箱を整頓した時に読みかえして、おふろのたきつけにしてしまいました。それがあったら、もう少し「私の青春」も具体的につかむことができたのにと、残念です。

ぼんやり者と恋愛

いったい、青春というのは、人生のいつごろのことをいうのだろう。女なら二十前後だろうか。またその時代に、熱れつな恋愛事件でもないと、ほんとの青春とはいえないのだろうか。

もし、そうだとすれば、私には青春らしい青春はなかった。といっても、べつに、暗い、しめっぽい日々をすごしたわけではない。それどころか、まずまず健康な中産階級の家庭の末ッ子で、いま考えると、じつにぼやッと青春時代をすごしてしまったことだとあきれるばかりだ。

女学校を卒業すると、浦和から目白の女子大に通いはじめた。時々、汽車通学の男の学生に話しかけられた。当時、そんなことをするのは、不良ということになっていた。私は、そんなふうには、けっして考えなかったが、べつにその学生たちに興味ももてなかったから、その人たちのつきあいは進まなかった。そののち、おなじ年ごろの友だちは、みな女に生まれたことを悔《く》いていた。毎日、いっしょに学校に通っていたある友だちが、ある日、私に、私はどう思うかと聞いた。私は、悔いないと答えたら、その人が、なぜか、なぜかとしつこく聞きだしたのには、びっくりした。その人は、私がだれかと恋愛していて女であることの喜びを感じているのだと誤解しているらしかったが、私は、まったく他意なく、そう考えただけだった。

また、もし自分が男に生まれていたら、そのころの日本では、じぶんもそこらに見る男と同様、やがて結婚するだろう女を、きっとふみにじることになるのだという、少女らしい一てつな正義観をもっていたことも事実だった。

学校を卒業すると、私の家では――そして、また私も――自分で自分の生活を見るのは当然だと考えた。いま鳴海碧子《へきこ》という名で物を書いているお友だちが、私を菊池寛氏のところへつれていってくれた。

そして、二人で、外国の小説を読むお手つだいをしたり、また親類の子に英語を教えたりしはじめた。

その後、菊池氏をたよっていく若い女の人が多くなったため、先生は、私たちのために文筆婦人会というものをつくって下さった。

本拠は文藝春秋社にあって、申しこみに応じて葉書の整理や原稿の清書などをするという臨時秘書のような仕事だったが、その会の発足の相談会のとき、そのころの新進作家、佐多稲子さん、中本たか子さんに初めて会った。

その会は、まもなく解消して、なかのいく人かといっしょに、文藝春秋社に入れてもらった。そのころの文春は、大阪ビルにあって、地下室のレインボウ・グリルには、まだお若い川端さん、横光さん、石浜金作さんなどが、よく見えていた。

いまよりずっとやせていらしった井伏さんのことは、あの方、今度、三田文学に出た小説が、とても評判いいのよと、ほかの婦人記者から教えてもらった。

そのころの文藝春秋社は、菊池氏の人柄を反映して、じつに格式ばらない、師と弟子、友だち同士、人間同士といった、あたたかい、はなやかなふん囲気のある、めずらしい社会で、居心地は、けっしてわるくなかったが、またしても、まわりに行われている生活は、子どもっぽい正義観をもっている私には、フにおちないところが、たくさんあった。

ことに、そこに見る恋愛は、私にはうなずけないようなものが多かった。そして、恋愛にも、またべつの種類のものもあるということを知ったのは、ずっとあとのことだった。

それより、そのころの私は、おなじく婦人記者をしていた小里文子《おりふみこ》という友だちとのつきあいだけで、十分にタンノウした。美人で、いく人かの小説家に恋され、それこそケンランたる青春時代をもったこの人と、ぼやッとした私が気があったことは、ほかの人たちには、おかしかったらしいが、私は、いまだに、この人ぐらいおもしろい人に会ったことがない。

それまで好意的に物を見ないと気のすまなかった私に、胸のすくような毒舌のおもしろさを教えてくれたのは、この人だった。

目白の娘のむかしと今

古風ないいかたをすれば、私は母校「日本女子大学校」――いまは、下の「校」がとれているらしいが――にとって、不孝な娘であるらしい。

昭和三年に卒業してから、何度も校門をくぐったことがない。新聞社から「母校を訪ねて」とかいう題の写真と原稿の注文をうけたとき、まず私の胸にわきおこった衝動的感想は「ごめんこうむりたい」ということであった。ところが、ことわりの電話のつもりのものをかけ終ったとき、私は、ちゃんと母校の庭に立つ時間まで約束してしまっていた。

このお人よしぶり、政治的手腕のなさは、あくまで目白の娘らしい特長のように思えるのだが……。

しかし、なぜ卒業した学校の門が、そんなにくぐりにくいのだろうか、私は、考えてみる気になった。

学校生活は、私にとっては、たのしさと、うとましさの半々だった。たのしかった

日本女子大学校の頃

のは、友だちとのつきあい、その他英文科内部のこと。うとましかったのは、学校全体のお説教の多い教育方針だった。

むかし、私たちの在学したころ、小さい屋根のついたレンガの柱の二本立っている校門をくぐると、すぐ右に、テニスコートをへだてて、ニュー・イングランドの教会に似た講堂があった。そこで、一週に一回、実践倫理という名の修身があった。月曜日の午後一時から三時までとおぼえている。夏など、おべん当をたべたあとの若い肉体が、じっとスワって、いいお話を聞きながら、二時間、目をあけていようと努力することは、苦業に近かった。いつか、自分のノートが、ちっともとれていないので、友だちのを借りたら、その人のも、まるで速記の記号のように何が書いてあるのかわからなくて、二人で笑ってしまったことがあった。

しかし、この時間は、学校では、最もたいせつなものとされていたから、これをたのしめない自分を、私は大いにはじたものである。

そして、いまとなっては、この時間に何を聞いたか、少しもおぼえていないのだが、世の中に出てから、わりにがまんづよいという評判をとったのは、この時間のたま物であったかもしれないと思っている。

英文館は、その講堂の北、震災のあと建てられたものらしく、クリーム色のペンキ塗りの木造で、りっぱな建物ではなかったが、女学校との間に運動場をひかえていたので、秋、運動会の時などは、この二階が、見物にお出でになった宮様がたのお席になった。

ここで教えていただいた先生方には、なつかしい思い出がたくさんある。いまは、ロンドン郊外のサーレイで老後を養っていらっしゃる八十四のミス・フィリップスには、早口の英語でなやまされた。母音と子音の区別をはっきりのみこましてくださった岸本乃武太先生、それから、わからないブラウニングで、うんうん言わされた、いまの学長、上代《じょうだい》たの先生。

これらが、みないまの私の養いになっていることを、私は疑うことはできない。風かおる五月のある日、ごぶさたつづきの母校の庭に立つべく、日本女子大をたずねた。母校はゆれる若葉のかげにあった。校門の柱には、「日本女子大学校」と墨のあとだけがもりあがっていた、古い、大きな表札はなくなり、女子大と女学校など、小さい、ま新しい木札が三つさがっている。そのおくは、むかしは、木立が深く、かなり遠くに付属女学校の古色蒼然たる建物がのぞまれたのだが、いまは泉山館という四階建てかの大きな、四角いビルが、女学校の前に立ちはだかり、前庭はなくなった。右手のニュー・イングランドの教会めいた講堂はかわらない。

つるバラのまつわりついた金あみにかこまれたテニス・コートはなくなり、「女子大ゆき」のバスが、ここへ乗りこんでくる。

時世はかわった。何よりも、私の気もちを明るくしたのは、古い、または新しい校舎の間を、のびのびとゆききしている、若い女性たちのすがただった。かの女たちは、くすぶっては見えなかった。オズオズとのぞきこんだ私など、気にもかけずに、さっさと歩いていった。

「文藝春秋」社と私

いまから七十年まえ、昭和三年に、私は日本女子大を卒業した。

もともと私の両親は、学問をさせるために私を女子大に入れたのではない。私も独立心にもえて入学したわけではなかった。ただ五人の娘をたてつづけに養育し、二人を結婚させ、二人は適齢期で家にいるということになったとき、両親の側にちょっと物憂《ものう》げな様子を、私は感じとったのである。

父の前に坐って、上の学校にやってくださいというと、父は、あっさり、よかろうと答えた。そのとき、私の胸に、卒業したら私を待っているのは稽古事でなく、自活だなということが、ピンとたたみこまれた。

ところが、いざ卒業の間際になっても、私の目の前には、何の展望も開けていなかった。いくつか話しかけられた教師という口は、私にとって、一ばん自分に不得手な職業であった。

そこへたまたま、大学時代の親しい友人から誘いがかかった。彼女は四国高松の出身で、菊池寛氏のお宅へは、何度かお訪ねした間柄であるという。彼女はもう結婚していたので、勤めに出られない。二人でいっしょに先生のところに伺って、家でできる仕事をお願いしてみてはどうだろうというのであった。

幸い、そのころ、菊池氏のお宅は、女子大の構内をぬけて何分もいかなくてすむ、雑司ヶ谷金山《ぞうしがやかなやま》というところにあった。少し前まで、そのお宅に同居していた文藝春秋社は、東京市の中央に引っこし、近所の人たちは、先生のお家を金山御殿とよんでいるということだった。

しかし、ある日、私たちが、先生の都合を伺ってお訪ねしてみると、そこは御殿というようなものではなく、かなり広い邸宅ではあったが、質実なものであった。お手伝いに案内されて、玄関のすぐ右側にある応接間にはいると、そこもほんとに質素といっていい部屋であった。

緊張ぎみに少し待っていると、じつに無雑作《むぞうさ》に部屋にはいってこられたのは、新聞雑誌に出てくる写真そっくりの菊池氏であった。ちょび髭に、兵児帯《へこおび》の着流し、えらく見せようなどという気負いなどみじんもない（何度めかに伺ったときは、食べかけの羊羹《ようかん》を棒のように手に握っておられた）。

私の友だちが、氏とは同郷人だったというせいもあるだろう、挨拶もそこそこに、話は私たちのお願いのことに進み、私たちは、英米の日常生活の常識的な習慣についての調べ物や、丸善に入る新刊の小説類の荒筋《あらすじ》紹介などの仕事をいただいて、またの日に伺うということになった。

こうして、ある量の原稿がたまると、友だちと私は、別々の日に、先生のお宅に出かけたのだが、先生は、私たちの持ってゆく原稿を物すごい早さで読んでゆき、「うん、これ、おもしろいね」とおっしゃったり、「こっちは、つまらない」とおっしゃったりした。そして、読み終ると、袂《たもと》からだったか、懐《ふところ》からだったか、お金を出してわたしてくださった。

もちろん、そのようなことがくり返されるうちに、私たちには、先生の周囲には、私たちと多少ともおなじようなことをお願いして集まってくる女性たちがほかにもあることものみこめてきた。ある日、先生は、文藝春秋社のある大阪ビルの地下室で、そういう人たちの相談会をするから集まるようにといわれた。

そして、およそ十人ほどの女性が集まったのが、昭和何年ごろの何月ごろだったか、私は、いま、全くおぼえていない。先生は、その会を「文筆婦人会」と名づけ、その根拠地を文藝春秋社とし、そのための散らしを雑誌「文藝春秋」の中に書いてくださったようにおぼえている。

しかし、この会は、最初のうちこそ繁昌したが、外からの注文があまり雑多であったり、応じきれないものもあって、やがて解散し、会員のうちの三人が、社員として吸収された。もっとも、文筆会のあるうちからも、私たちは、時間のあいているときは、社内の校正などをお手伝いしていたのであるが。

そのころ、社から出ている雑誌は、「文藝春秋」「演劇新潮」「映画時代」「婦人サロン」「モダン日本」など。編集者は、菅忠雄《すがただお》、大草實《おおぐさみのる》、永井龍男、西村晋一さんたちで、その人たちにいく人かのスタッフがついていたから、社内はかなり賑やかで、「映画時代」の編集長、古川緑波《ロッパ》さんなどは、仕事をしながら、朗々と歌声をひびかせていた。昭和五年には、社長秘書として、若い佐藤碧子《みどりこ》さんが入社して、女性記者の間の空気も、いっそう花やいだ。

こうした雰囲気の編集部を訪れる作家たちは、もちろん多く、中河さん、横光さん、川端さん、井伏さんたちが、編集部の机の間にふらり入ってこられるのは、日常茶飯のことで、また、私たちが、これらの作家の名をさんづけで呼んでも、それは親しみを表わすもので、この方々が、みな、じつにお若かったことを証明するだけのことなのである。社全体、大阪ビルの地下、レインボーグリルのロビーが、大きなサロンだったとも言えた。

その後、世の中が戦時色を帯びてくるころ、私は山本有三氏のお誘いをうけて、文藝春秋社と別れて、新潮社から出ることになった「日本少国民文庫」の編集に移ったから、このあとにおこった文藝春秋社の大きな変化のことはよく知らない。しかし、菊池寛氏の、人を一視同仁《いっしどうじん》と見るあの視線、一種無邪気な透徹した物の見方が、今日の「文藝春秋」社の大を生みだした核のような気がしてならない。

わが百姓生活の弁

　べつに深窓に育ったというわけでもないのに、私のような人間が百姓をすることは珍らしいと見えて、もうあきるほど、どんな動機で？と聞かれた。そのたんびに、私は、また、ござったな、と思い、内心途方にくれる。

けれど、一ばん正直なところ、私は、どうしてこの山あいで百姓などはじめたのだろう？　ある夏、この沢のかげに、戦争も知らぬげに咲いていた白百合にひかれて……ではなかったかな？と、私はときどき考える。

　人生で、人間は何度か、コチッと自分に感じてくるものやことに出あうのではないだろうか。自分にとっての本物にぶつかったときだ。本を読んでいるときでも、人と会ったときでも、私には、そういうことがあった。

　戦争の間、いま思えば、私は自分で意識した以上に、生理的にも息苦しさにくるしんだらしい。よく鉢の金魚のようにアップアップなって、どこかで大きく息のつけるところはないかと思ったものだった。しんせつな友人に北京までつれていってもらって、街々にあふれる支那語の号令を聞いたときには、天《あめ》が下にはかくれがもなしという気がした。東京に帰って、ある工場で、偶然、いま百姓仕事の相棒であるKさんに出あった。Kさんは、教え子たちをつれて勤労奉仕に来ていたのだけれど、この人はかわってるな、と私は思った。いいかげんな仕事をしている人の多いなかに、Kさんは本気で仕事をしていた。

私たちは、それからいろいろ話しあい、いろいろなことがあってのち、ふたりで百姓をしようということになった。私には、それが、一ばん気のすむ生活だったのだ。

そして、場所をさがしながら、Kさんの郷里に近いこの山あいに来て、私は長い間、からだじゅうをしばりあげている縄が一時に切れた思いがした。前には人が住んでいたというが、もう荒れはてたやぶからの間の沢に、たたみ一枚くらいの田が細々とつづき、それをめぐって、白百合が点々と咲いていた。

「白百合は生きている」。前に亡くなったある天才少女?のことばをまねれば、私はこう思った。幸い、Kさんの友だちのご主人がこの山を持っていたので、私たちは許しをうけて、ここに山小屋をたてて住みついた。

百姓という仕事は、たやすいことではない。働いても働いてもたべられない職業である。私たちは、骨身にこたえて、それをさとった。けれども、物を生みだすということのたのしさもまたさとった。これは、一生、金になる見込みのない発明に没頭している人間と結婚した女の人の感じるジレンマとおなじことかも知れない。その仕事は尊い。けれど、たべていかれないのだ。

　こういう犠牲の上に、日本国民の生活がおこなわれていることを身にしみてわかったのは、私たちの大きな収穫だった。私はいま東京に出稼ぎにいっているけれど、あと一年もして、なんとなく浮き草という感じの東京のインテリ生活から、またこの山あいの牛や猫や白百合や、どこそこのとっちゃんやがやんの間へ帰るのをたのしみにしている。

混雑からの逃亡

夏休みというと、一時期仕事から解放された人が、静かなところでゆうゆう自適するというようにきこえるが、私のは、東京の混雑からの逃亡である。

身辺に、とてもゼンソクぎみの人がふえてきた。むかしなら、どうしても「肺病」と断定する以外にないセキが、何カ月もつづく。お医者にみてもらっても、なんでもないといわれる。しかし、ちょっとしたカゼのあと、セキがとれないのだ。

私は、ひとりで、これに東京性ゼンソクと名づけている。このにぎやかな大都会は、それほど空気が悪く、中年以上の者は、気管支をちょっと傷つけたが最後、その炎傷をなおすことが、容易でない。

私は、このうっとうしい都会の空気からのがれようとすると、ばかの一つおぼえで、友人のいる宮城県のいなかにゆく。ことしも、そうしたい。そこでも、昼の温度は、東京とはいくらもちがわないが、ありがたいのは、夜の涼しさである。そして、朝早くおきて、野菜畑に出ると、つゆで手がこごる思いをするときがある。

トウモロコシをしょいかごに一ぱいもいできて、大釜でゆでる。これが、私の主食である。もちろん、みな、私がたべるわけでなく、あまりは家畜にやるのだが。

東京でうだっている時も、私は、頭に右のような光景をえがいて、頭を冷やし、心をうるおす。

酪農組合の支払日

月の二十日は、私たちの酪農組合の会計日である。この日を、私はたのしみにしている。ふだん、ごぶさたがちな組合の人たちに、一度にあえるからだ。

私が、友だちの狩野《かのう》ときわさんと百姓をはじめたのは、戦後だが、べつにむずかしい理論からではなかった。物乞いのようにヤミでたべ物を買うのが、つらかったのと、広いところで自由に働けるからなどというまことに呑気《のんき》な考えではじめたのだが、やってみると、百姓仕事は骨身にこたえた。といっしょに、たのしくもあった。けれど、とにかく、こまったのは、畑を耕していたのでは、たべられないという問題だった。

私たちは、牛を飼うことを思いついた。村には、草地になりそうな丘があり、また村の中に何千人もの人の集っている鉱山があり、これは、そのまま、りっぱな市場だった。

しかし、この仕事は、ほかの多くのこととおなじで、一人ではできない。私たちは、村の人たちと話しあって、酪農組合をつくることにした。それには、金が入用であっ

ノンちゃん牛乳の出荷風景

た。そこで、私は、農事は、狩野さんに託して、私たちにわりあてのお金をつくるために、東京へ仕事に出た。これが、六年前のことであった。

十いく人かの組合員の意気にもえて、組合は順調にすべりだし、東京にいて、私は大いに喜んだが、あとがうまくつづかなかった。東京で机の前に座っている私には、ふしぎでしかたがない。あれだけ、いい条件で、いくらまずくいっても、もう少しうまくいきそうなものだと思う。しかし、さまざまな曲折をへて、組合の牛はどんどんへり、二年前には、もう少しで組合自体がおしまいになりそうになった。

時々、村へ帰ってみると、狩野さんは心配でやせほそっている。話を聞けば聞くほど、物ごとというものは、ことに農村の物ごとというものは、りくつ通りにいかないものであることがわかった。農民というものは、高所にたって物を考えるすべがないから、政府のやることがよくのみこめない。今年政府が酪農を奨励する政策をとるというかけ声がかかると、牛の値がわっと上る。それを借金しても買う。つぎの年、政府が忘れた顔になると、飼料が高くて、飼いきれなくなり、高く買った牛を、安くバクロウに売らなければならない。

農民自身の足なみもそろわない。一家のうちの父ちゃんが、いいといえば、母ちゃんがいやだという。となりの家でするなら、おれの家はしないという。

そのくせ、涙ぐましいくらい人情にからまれる。牛乳の小売店へ約束の日に勘定をとりにいって、きょうは金がないといわれ、それでは、こまると文句をいうことは、不人情だという。まず、約束の日に勘定をとりにいくこと自体が、不人情らしい。勘定は盆暮れに、できただけ持っていく習慣からまだぬけきれないのだ。これでは、事務はやっていけない。

ほそぼそと組合がやせ細ったとき、これではならじという気がみんなにおこった。まるまる土地の者でないから、人情にはからまれない狩野さんが、女だてらに組合の経営の責任を負うことになった。それから、一年半、牛乳の売あげは四倍になり、まだまだ供給は需要に追いつかない。牛乳をだした人には、借金しても、月の二十日に勘定を払います。その代り、小売店の人たちからも、十五日にはお金を払ってもらわなければ、組合がなりたちませんと、組合は宣言した。

そこで、月の二十日には通信簿のような帳面をもって、牛乳罐《かん》をしょった父ちゃん母ちゃんが集ってくる。東京からくるハトロン紙の封筒を裏返してつくった状袋に、お金を入れたのを、みんなに渡して、お茶をだすのが、最近の私の役である。父ちゃん母ちゃんに話すべき話は、たくさんある。もっと私たち自身が牛乳をのまなくちゃならないこと。鉱山の労働組合との結びつきを大きくすること。そして、もう少ししたら、小学校の虚弱児童にのませるしかけにしたいことなど。

父ちゃん母ちゃんたちは、うやうやしく牛乳代をうけとり、お茶をのんで世間話をしていく。まだこの会計日は、事務よりも一種の儀式である。

山の隣人

　戦後五年ほど暮らし、またもう少ししたら、帰っていきたいと思っている、東北のいなかの家から「カッコウとポットサケタ（ほととぎす）が鳴きだした。ひとが外に出ているるすに、トム（ねこ）が、池の鯉をとってこまる。」

というたよりがきた。

　ああ、カッコウが鳴きだしたんだなあ……と思ったとたんに、口のなかが——というより、心臓のなかかもしれないけれど——おなかをへらしたとき、最初に口に入れたたべ物の味が、じいっとしみわたるのと、おなじような現象をおこした。

　といっても、カッコウが鳴きだす初夏のころの農村が、美しいからということだけのためではない。農村に育った私の友だちなどは、カッコウの鳴きだすころになると、子どものころのことを思いだして、いまだに、ちょっとさびしい気もちになるそうだ。子どものころ、その季節になると、いつ家にかえってみても、かあちゃんがいなかった思い出を消すことができないのだ。

だから、カッコウが鳴き出したといえば、みんなが、朝から晩まで、どろだらけになって忙しがっているんだなとはわかっても、その田んぼの上のみどりから、くすぶった台所まで、何から何までいっしょくたになって、東京で季節感もにぶくなり、国会乱闘などでうちのめされたようになっていた私に、ひどくさわやかな、正常な世の中のような感じをあたえた。そして、五年間、いっしょに働いたとなり近所の人たち、その家の家畜のことまで、しきりに思い出された。

東北の山にある、私の家は、隣家が遠くて、東どなりは、歩いて六、七分のところに、ひとかたまり。北は、三分ほどのところに、一けん。どちらも山道づたいにいかなければならない。南は、山だけで、となりはなくて、西は、ずっと遠くて、二十分ほどある。

その二十分ほどはなれたMさんの家と、私たちは、わりあいにしたしくしている。私が、まだ山にいたころ、Mさんも開こんをしていて、よく新米百姓の私たちの手つだいに来てくれた。けれども、のちには、鉱山の土方に出るようになった。それで、私たちが忙しいと、Mさんのおかみさんが、うまれたばかりの女の子をおぶい、四つ五つのTちゃんという男の子の手を引いて、手つだいに来てくれた。Tちゃんは、そんなに小さかったけれど、けっこう、麦の束をかかえて、運んだりして、かあちゃんといっしょに手つだってくれた。

Mさんも実直ないい人だけれど、おかみさんも、ころころ、まるくて、笑いじょうごで、さびしい山の中で、Mさんとつれそうために生まれてきた人のように思えてならなかった。

こんなのが、神さまが、めあわせた夫婦だなと思っていたら、いつか、Mさんが、じぶんの嫁もらいのいきさつを話してくれたことがあった。それは、こんなふうな話だった。

Mさんが、二十五、六で、少しはなれた鉱山で働いていたころ、家を継いでいた兄さんが、もうそろそろ嫁をもらわなくてはいけないと言ってよこした。そこで、Mさんは、あとで文句は言わないから、「責任をもって」見つけてくれ、と、兄さんにたのんだ。すると、まもなく、きまったという手紙が来た。婚礼の一週間前のことだった。仕事を休むのは、もったいないので、式の一日前に帰っていくと、Mさんには、もう母親がなかったので、したくが、ちっともできていない。そこで、村のよろず屋のK屋という家へ、式服を借りにいったら、K屋のおやじが、「おれが、仲人《なこうど》だ。」というう。

そんなことを話しているうちに、むこうのほうから、顔見知りのおばあさんが、やってきて、店の前を通りすぎた。K屋のおやじさんが、「あれが、おまえの姑《しゅうとめ》かかさまだ。」と教えてくれた。

「あれ、あの家には、おれの同級生のむすめがいたはずだが、まだよめにいかなかったのかなあ。」と、Mさんは、考えた。

すると、また、よろず屋のおやじさんが、

「おれがもらうんじゃねえから、いいようなものの、もう少しいいのは、いなかったのかなあ。」

そんなことを言われても、もう婚礼が明日となってはしかたがない。それに、兄が、「責任をもって」きめてくれたのだからと思って、いよいよ式にのぞんでみると、嫁さんは、同級生でなくて、その妹だった。

兄さんが、「責任をもった」だけあって、Mさんたちは、神さまが、あわせたもうた夫婦のように見える。

いまごろは、Mさんたちも忙しくしてるだろうなあ。小学校にあがったTちゃんも、田んぼにはいって、手つだったろう。ことによると、また赤んぼがふえたんじゃないかなと、「カッコウ」のたよりをもらって、私は考えた。

私の友だちと私が、子どもは三人以上ひかえなさいと、あまり熱心に忠告するものだから、四人めが生まれたとき、Mさんたちは、私たちに叱られると思って、教えてくれなかった。

のんびりしたような世界

　ふた月に一度くらい、汽車で十二時間ほどの東北のいなかへいくのだが、それが、この目まぐるしい東京を夜たって一晩ねむると、よく朝は、そこにいるものだから、頭のピントをあわせるのに、ほねのおれることがある。このふたつの世界のちがいは、汽車で十二時間どころではなく、時には神武天皇のむかしにかえっていくような、みょうな気がする。たとえば、朝鮮事変のおこったときがそうだった。

　街にひびく号外の鈴の音を聞き、ラジオのニュースで神経をピリピリさせて汽車にのり、さて一晩たってみると、私はみどりの木と草につつまれた山の中にいた。そのみどりのあちこちに牛が草をはみ、その上を「テッペンカケタカ」が鳴いて通っていた。うるさい、よけいな物音は、ひとつもしない。近所の人たちは、わきの山道を通りかかると、「やあ、帰ってきたね。」と声をかけてくれるが、こちらからその話を出さなければ、その人たちの口からは朝鮮のチョの字も出なかった。私は、二三日は、ぼうとなって、いったい朝鮮は、この人たちにはあるのか、ないのかと考えた。

ラジオも新聞もあるのだけれど、東京を見たこともない人が多いところでは、東京の話を聞かしても、ピンとは来ない。まして朝鮮をやなのだろう。

いなかの人は、のんびりしている。訪ねてきて、用件を言いだすのに、一時間もかかる人がいる。私たちは、「きょうは、なんの用？」と聞くことにしているけれど、ぼくとつそのもののような顔をして、礼儀ただしく気候のあいさつや、世間ばなしをしている人たちに、「なんの用で来ました？」と聞くのは、じつにぶしつけな気がすることがある。

ときには、ていねいなおじぎをして、「〇〇村から来ました。」というだけで、名まえを名のらないで、したしげに話しこむお客さんもいる。そういうとき、私といっしょに住んでいる友だちは、こまってしまって、私に耳うちをする。

「あの人、だれだか、あんたから聞いて見てけらしえ。」

そこで、よそ者の私は、きっかけを見つけて、「あなた、どなたでしたっけ？」という質問を、失礼にならないように話の間にはさむ。すると、とんでもなく世話になった人のむすこだったりして、大笑いになる。

また、そういうのんびりした人たちと交わした約束は、私たちの考えるような約束でない場合が、ちょいちょいある。お節句には、モチをついて待っているからねと、お茶のみ話に言われて、さて、お節句になり、訪ねていっていいのか、わるいのか、はじめのころ、私は、ずいぶん迷った。モチをたべたいということよりも、もし先方で、モチをついて待っているのに、こっちがいかなければ、せっかくの好意をむだにしてすまないと思って、本気で心配したのである。が、少したつうちに、そんなことは、あまり気にしないでもいいことで、もし先方がどうしても来てもらいたいときには、お使いがくることがわかった。

こんなことは、どっちになっても、たかがおモチを一度たべるか、たべないかだから、どうでもいいけれど、商談（？）になるとあてにならなくて、こまることが多い。たとえば、家に牛の子がうまれて、となり村の人が、ぜひその子を見たいから、何日にいくという言《こと》づてをよこす。こっちでは、その日の予定を変更して、一日待っていても来ない。そして、それっきり、なんとも言って来ないというようなことが多い。

また、それと反対に、家の牛を、たとえば、三カ月の約束で、よその家へあずけることがある。何月の何日にとりにゆきますからね、と言っておく。私たちは、何月何日と言えば、何月何日なのだが、先方からは、何度でも、いつとりにくるかと聞いてくる。

友だちが、お客さんとゴトゴトと二時間も話しているので、お客さんが帰ってから、なんの用できたのかと聞くと、百円借りにきたのだという。お金のことはともかくとして、家では、その二時間が何よりも惜しいのだということは、なかなか相手には言えないものである。金を借りにくる以上、できるだけていねいに、長く話をしていった方が、その人には気がすむのである。

このののんびり時間を使っている人たちは、もちろん、けっしてのんびりした生活はしていない。村にいると赤貧《せきひん》洗うがごとしということばを、私はしょっちゅう思いだす。貧乏が、この人たちを盲にしているのだ。

この人たちが知ろうと知るまいと、おなじ瞬間に、朝鮮にはバク弾がおちているのだし、そして、このごろ新聞をみると、この人たちの「犠牲において」日本の肥料がやすく外国に売られていくのだという。この人たちが、改造のしようもない、だだっぴろい台所で、薪をボウボウもしているまに、あたりの山は、どんどんはだかになっていく。少しまえまでは、二十年も年とった木を伐っていたのに、それが十五年になり、十年になり、しまいに、もす物もなくなってしまうのだ。

いなかに家があると、戦争のとき逃げていくところがあっていいですね、と、ときどきひとからほめられるけれど、とんでもない、このごろ、私はどっちへいっても、日夜、頭がどうかなりそうだ。

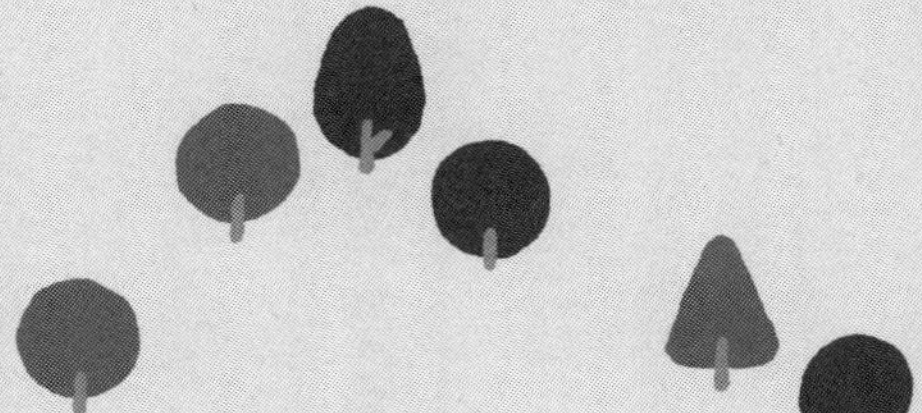

ヘレン

先日、三十年前、一しょに学校をでた友人たちとたのしい半日をすごした。なかには、三十年ぶりで会う人もあって、「あの人、だあれ?」などということになったが、若い日の何年かをともにすごしたということはよいもので、見ているまに小ジワのなかから幼顔(?)が、そのままにうかびだし、「あら!」と手をにぎりあうことになってしまうのである。そうなると、間の三十年は、消えてなくなる。

古い友のよさ、なつかしさを味わったが、このクラス会の後半で、私は、数年前、勉強のためにアメリカへいった時写したスライドを、みんなに披露した。そのなかにあった、私の勉強とは、何の関係もない、ひとりのアメリカ婦人の写真に、旧友たちの興味はそそられたらしいので、このみょうな機縁で、愛情をもちあうようになった異国の友人のことを書いてみよう。

その人の名は、ヘレン・T。ワシントンに住む未亡人である。いまは六十近いのだとは思うけれど、年を聞いたこともないし、亡くなった御主人のことが、私たちの間に話題になったこともない。かの女と知りあうようになったきっかけは、終戦直後、一つの小包みが、かの女の名で、私のところにとどけられたからである。といっても、かの女は、私を知っていたわけではない。そのころ、アメリカでは有志の寄附をつのり、敗戦国や、窮乏している国へケア物資というものを送りだしていたが、その小包の一つが、どういうわけか私にとどけられたのだ。

私は、おくり主のヘレン・Tに礼状をだした。極度に食糧の不足している時で、その中にはいっていたお砂糖、ミルクなどのありがたかったこと、私は、いく人かの人とそれを分けあった。

ヘレンからは、すぐ返事がきた。写真もはいってきた。ふくよかな中年の美人だった。男の子がふたりいるが、それは成長したので、いま自分はひとりで住み、政府のある事務所で働いていると書いてあった。そして、かの女との文通がはじまった。とはいっても、日本は、窮乏と混乱のさ中にあったころのことだから、私は、そうそうひんぱんにアメリカへの航空便がだせたわけではない。きちんきちんと、ふた月めくらいに、「元気でいるか。病気をしていなければ、手紙はこなくても心配はしない」というようなことを書いてよこしたのは、ヘレンの方であった。まったく、この交友関係がとだえなかったのは、一つにヘレンからの通信のためだったといえるかもしれない。

そして、六カ月めごとくらいに、また小包みがくる。こちらもどうやら息がつげるようになった時、私は、もう物を送ってくれなくともよいといってやった。しかし、その後も、二人の文通はつづいたというのは、私が物をもらわなくなってから、かえって気がらくになったためと、そのころまでに、ヘレンという誠実な人間に、すっかり親しみをおぼえるようになっていたからである。

そうこうするうちに、五年前、私は機会を得てアメリカへ勉強にゆくことになった。そのことを知らしてやると、ヘレンは喜んで、こまごまとした旅の注意をしてよこした。そして、私の船がサン・フランシスコにつくと、船会社の事務所には、「安着おめでとう。じきあえますね」という手紙が、本人がそこにいるように待っていた。

しかし、私は、なかなかワシントンへゆけなかった。私が日本を立つ前に、私が見学して歩くべき場所は、きっちりと予定されていたのである。ワシントンへは二、三時間のニューヨークまでゆきながら、またカナダという遠いところまでとんでいってしまったりした。

けれど、とうとう、サン・フランシスコに上陸してから三カ月して、私はワシントンへいった。それも、ヘレンに会うためではなく、ワシントンの公共図書館を見るためだったが。

これより前、私は、私の勉強の指導役をつとめてくれたM夫人に、ワシントンへいったら、ホテルでなく、ヘレン・Tという人のところにいって泊るからと、そのアドレスを渡しておいた。その時のM夫人の表情がおもしろかった。そんな手紙だけで知りあった人のところへいって大丈夫なのか、その人はどういう身分の人なのか、というのである。そういわれてみると、私は、ヘレンについては、ほとんど何も知らない。ヘレンの送ってくれた写真とアドレスだけが、かの女の実在を示しているだけなのである。

それでも、大丈夫ですよと、私はいった。

前夜カナダのトロントを出て、ワシントンに着いたのは、十一月の晴れた土曜日の朝だった。私の着くのは、わかっていたが、ヘレンは駅にいなかった。私は構内の自動電話で、ヘレンの家の番号をまわしながら、やはりちょっとドキドキした。

「ハロー、モモコですよ」というと、若々しい笑い声がおこった。

「いま、家のなかを大掃除しているところ。駅前からタクシーにのってきなさいよ」

私の耳は、こまかい英語のニュアンスまで聞きとれるというほどではなかったが、それまで三カ月、朝から晩まで会ってきた大学教育をうけた、インテリ層のことばとちがったことば使いだなということがわかった。

ワシントンというところは、おもしろいところで、乗客のわりにタクシーが少ないのか、駅の出口では、交通係が、おなじ方向にゆく人たちをしらべて、一台の自動車に三、四人の合客をつめこむ。運転手は近い順から客をおろしてゆき、一人おろすたびに、前の人との差額だけの運賃をうけとる。私も兵隊ひとりに紳士ひとりを相客として、青空に輝く議事堂のドームをながめ、ポトマック河畔のさくらをながめ、さんざんつれまわされたあげく、郊外らしい静かな通りにおろされた。

私が最後の乗客で、運ちゃんは、私から一ドル何がしかの金をうけとりながら、「おめえさん、ひとりでここまできたら、たいしてとられるところを、トクしたぜ」といった。

通りに沿って、二軒つづきの規画住宅がならんでいて、そのうちの一軒のステップに、写真にそっくりのヘレンが、エプロンすがたで立っていた。ヘレンは、私のスーツケースをうけとり、私の肩をだくと、また子どものように笑って、

「さあさあ、きましたね。家へはいりましょう」

そして、日本式のあらたまったあいさつは何もなしで、私は、ヘレンがチリ一つなく掃除しておいてくれた家で、旅の荷をとき、肩の荷をおろした。

その家は、女のひとり住いらしく、きれいさっぱりに片づいていた。片づきすぎているくらいだった。不要な物はひとつもない、しかし、入用なものは、みなあった。客のためのあたたかいベッド、このみの食料、しかし、ヘレンの必要とするものは、非常に少ないらしかった。かの女ののみ物は、水だった。そして、貯えた金を、乏し

い者に与えた。

そういうことを、かの女は、自分から語ったのではない。何度かかの女を訪問するうちに、私はその生活ぶりを見て、さとったのである。しかも、かの女は、ふつうの事務員にすぎなかった。

ある友だち

友だちというものは、ふしぎなものだと思う。求めて、できるわけのものでもなし、人生の道を歩いてゆくうちに、いつのまにか、ぶつかりあったり、ひきあったりして、一しょに歩きはじめる。そのうち途中でソエンになってしまう人は、あとで考えると、やっぱり考え方や感じ方がちがっていたのだということがわかる。たとえ、しょっちゅう会っていなくとも、いい友だちは支えだし、何年ぶりかで会っても、きのう別れたように話しあえる。

ところが、また友だちのなかには、はなれていて考えると、じつにおもしろく、考えるだけでもたのしまされるのに、うんざりさせられる人もいる。私の場合、たいてい、そういう人は個性の強い人で、はなれている時は忘れているのだが、顔をあわせて話してみると、そのあくの強さに、「ああ、こういう人だったんだっけ！」と思いだすわけなのである。

Sさんは、そういう友だちのひとりだった。やがて、彼女が好きなひとと結婚してからは、あまり会わなくなったが、ごくたまに、ポーンと鉄砲だまのように便りをよこす。たいてい、どっしりと重い封書である。闊達《かったつ》な字で、一家の窮状がのべてある。くわしく書いてあるわけではないが、字が大きいので、便箋何枚にもわたってしまう。私がいやなのは、その手紙を読んでいるうちに、自分たちの窮状に手をさしのべるのは、私の責任だと、Sさんが、考えているのではあるまいかという気のしてくることだった。

Sさんと初めて知りあったのは、二十年も前である。もう一人の友人の家で、はじめてSさんと会ったのだが、私は、Sさんの話のおもしろさに感歎してしまった。じつに感性ゆたかで、正直、わがまま、およそ偽善というものとは遠い性格で、ほしいものもほしいと言わないのが女の美徳とされていたそのころでは、Sさんの言動は、はつらつと流露しているように思われた。

Sさんは、ある私立学校の卒業生で、卒業後は、その学校の経営する傍系の事業である雑誌の仕事をしていたということだが、私の会ったころはやめていた。

私たちは、話が合って、すぐ親しくなった。Sさんは、共通の友だちを介さないで、よく私の家へやってくるようになった。私たちは、おたがいに独り身の気楽さに、いままでやってきた仕事の批評や、時局のことを批判し、勝手にしゃべりあった。Sさんの勤めていた雑誌社についても、おもしろい話をたくさん聞いた。

その雑誌は、真善美、生活改善というようなことをモットーにしていたため、記事もその趣旨に合うようなものを作らなければならない。一般の記事は、それでもいいとして、座談会などでは、時どき、さしつかえのある発言が出てくる。そういうものは、けずってしまうのだということだった。ある時など、青年二人、老人一人の会があり、その青年のうちの一人が、反対意見ばかりのべるので、けずりけずっているうちに、老人一人、青年一人の対談会になってしまったという話を聞いて、私は、お腹をかかえて笑わされた。

Sさんがきて話してゆくと、何か息づまるようなそのころの空気に、涼風が吹きこんだように感じられた。私が、Sさんの話をあまりおもしろがるせいか、Sさんは、前にも、そのようにおもしろがった人がいたという話をしてくれた。

私は会ったことはなかったが、Sさんのお父さんは、さるお役所で、かなり上の方の役をしていた。そして、よく長い間の外国旅行をした。そうすると、Sさんの家には、おとなの男がいなくなる。そのため、ある時、またお父さんの旅行がきまった時、Sさんのお母さんは、新聞に「下宿人を求む」の広告をだした。目がねをかけた、朴とつそうな若い男の人がやってきた。簿記学校の先生だということだった。毎日、その人は、朝出かけて、夕方もどってきた。

Sさんの家は、お母さんと、Sさんを頭に娘さんが三人、息子さんがひとり、それに女中さん。その家族が、みなSさんに似て、自分のいうことを主張するほうだった。だから、にぎやかで、けんかは絶えなかった。私が、想像しても、さぞお父さんのいない家のなかは、賑《にぎ》やかで、ちょっとしまつのつかないものだったろうと思える。ところが、その簿記学校の先生がきてから、家の空気はまるでちがってしまった。その人は、だれの苦情にも、本気で耳を傾けてくれた。お母さんにはお母さんなりに、女中さんには女中さんなりに。そのため、その人がきてから、家じゅうの者、ひとりひとりがその意見を認めてもらえて、満足し、えらくなりながら、けんかがなくなった。

時どき、家内そろってすき焼きなどをしたが、そういう時の、その人のうれしそうな顔は、いままで一家だんらんということをしたことがないのではないかと思われた。まだそのころ、雑誌社に勤めていたSさんが家にかえって、仕事のことで、お母さんに不平を言っていると、その簿記学校の先生は、しきりにおもしろがって、

「それは、ノート物だ、ノート物だ！ ノートにとっておきなさい！」

と、いつも言ったというのである。

Sさんが、この人は神さまの使いのようなもので、おまえたちは、みんなそれぞれ価値ある人間なんだから、ちゃんと生きていかなくちゃならないということを、Sさんたちに言いにきたのではあるまいかと思いはじめたある日、その先生は、朝出たき

り、もどらなかった。

かわりに、とびこんできたのは、警察の人たちだった。その人たちは、簿記学校の先生の部屋を、めちゃくちゃにひっくり返したが、Sさんたちの物には、手もふれなかった。

簿記学校の先生だと思っていた人は、共産主義の作家Tだった。だから、もしその人を下宿させていたことが問題になると、外遊中のSさんのお父さんには、迷惑がかかったかもしれないのだが、警察では、Sさんたちのものには手もふれなかった。つかまった人が、Sさんたちとの無関係を、どのくらいはっきり主張したか、Sさんにはわかるような気がした。

ただ一つのことが、Sさんに手ひどくひびいてきた。Sさんの勤めていた会社から、Sさんに「出社に及ばず」と言ってきたのである。

この話を聞いて、私がおどろいて、だまってSさんの顔を見ていると、Sさんは、話のしめくくりとして、自信をもって言った。

「もう少し、あの人が私たちと一しょに暮らしていたら、あの人、共産党からぬけたと思うわ。」

私はなおしばらく、彼女の顔を見つめて、口がきけなかった。

私は、この話を書きはじめた時、感性ゆたかに生まれてきた女の人が、なぜ、ただのおもしろい人というだけで終わってしまうか、それを惜しむ文章にしておしまいにするつもりでいたのに、紙数が尽きてしまった。

太宰さん

太宰さんにお会いしたことは、何回もない。多くて五、六回だったろうか。それも戦争ちゅうの短い期間だけだった。

そんな私に、いまだによく「太宰さんてどんな人でした？」というようなことを聞く人があるのは、たぶん井伏鱒二氏が、ある随筆に、太宰さんと一しょに死んだ女の人と、私のように見える女とを対比して書かれたからではないかと思う。けれど、私が太宰さんについて思いだすのは、つぎのようなことである。

私は、太宰さんの作品ではっきりおぼえているのは、「走れメロス」一つきりというほど太宰治を読んでいない。いつも静かに読んでみようとは思っているのだけれども。

なぜ、「走れメロス」をおぼえているかといえば、これにもわけがある。ずっと前のこと、私は、メロスとセリヌンティウスの逸話を、あるイギリスの本で読んだ。そして、大分年上の知人に、その話を――たぶん、たいへん感激して――語った。ところが、その人は、しまいまでフンフンとおとなしく聞いてしまってから、「きみ、そんな話、ほんとにあるかね。」と言った。若かった私は、もうその人と話してもはじまらないと思って、何も言わないでその人をけいべつした。

それから、まもなく、ふと手にとった「新潮」か何かに、「走れメロス」という題の小説を見て、私はほんとにうれしく思い、その時、太宰治という作家の名を知った。

そのころ、井伏さんのお宅へよく伺ったが、井伏さんの世間ばなしの中にも、ちょいちょい太宰君という名が出た。そして、そのお話の調子から、井伏さんが、なみなみならず、太宰さんを愛していらっしゃる——こんなことばを井伏さんはきらわれるかもしれないけれど——のが、よくうかがわれた。

それから、またちょっと時がたって、日本が「二千六百年」の祭典にわきたっているころのこと、ある日、井伏さんのお宅へいくと、先客が二人あった。二人ともきちっと着物を着て、井伏さんの前に礼儀ただしく——私は、あのように敬愛の念をもって先輩に対している人たちを、その後あまり見たことがない——坐っていた。一人は、ほりの深い、日本的にハンサムな人、もう一人は、ちょっとつかみどころもないほどやわらかい感じの、私には少年のように若々しく思えた人。亀井勝一郎さんと太宰さんだな、と、そのころ、もうお二人はかなり有名だったから、紹介される前にすぐわかった。

私の記憶にまちがいなければ、私は、その日かその二、三日まえかに、上野の博物館で正倉院の御物《ぎょぶつ》を見てきたところだった。そして、その御物の色の美しさに、博物館の外に出てきたら、何だか外のけしきがまるでちがって見えて、ことに、道をいく人の着物がきたなくてこまったという話を、昂奮して井伏さんにしたように思う。

そのあと、井伏さんにお会いしたら、「太宰君がね、あなたのこと、あの人、えらい人ですねって言ってましたよ。」とおっしゃるので、私は笑ってしまったのである。井伏さんは、きっと私を喜ばそうと、そのいい評判を私にしてくださったのだろうけれど、私は、自分がえらくないことをよく知っていたし、それに、えらいという子どもらしい表現が、私にはとてもおかしく思えた。

戦争がだんだん大がかりになってきた。井伏さんのところに伺うと、どういうわけか、亀井さんと太宰さんが一しょに来ていらっしゃるのに、何度かお会いした。お二人で、そうして、いつも井伏さんとこへいらしったのかどうか知らないけれど、物を書くことが、だんだん不自由になるころのことで、心の通じあう同士、なんとなくあたためあっているような感じが、私には、したのである。いま考えると興味あることだけれど、太宰さんは、志賀直哉さんの作品を絶讃して、「あの描写は暴力だ。暴力だ。」というようなことばで感嘆していらしたように思う。

そのころ、私は、夜ねむれないでこまっていた。ある友人がねる前にベルモットをのめとすすめてくれた。そのころは、もうなかなか外国製のお酒など手にはいらなくなっていたのに、物知りのその友人は、鍋屋横丁の近くのある小さい店に、そんな物がヤミでなく売られていることを知っていた。私は酒のみでないから、一本買ってもしかたがないので、その友人と半分ずつに分けて、家へもって帰ってきた。ところが、お酒というと、ねむり薬に使うことさえおっくうで、そのベルモットのビンは、長い間、へらずに家の台所の棚につったっていた。私は、いつか、その話を井伏さんにしたと見える。

ある日、井伏さんと太宰さんが、突然、私の家のベランダの外に立たれた。ちょうど客が二人あった。私の家は、そのころ、一部屋きりなくて小さかったけれど、四人は腰かけられるのに、はにかみ屋の井伏さんと太宰さんは、どうしても板の朽ちかけたベランダからはいって来られない。おまけに太宰さんは、そこにあったボロボロの籐いすにかけてしまって、どうすすめても中にはいってこようとされなかった。私は、こまった。というのは、そのいすは、雨ざらしでボロボロであったばかりか、私のところへ時どき泊りにくる近所の浮浪犬のための指定席で、毛だらけだったからである。

その時の二組の客は、両方とも、相手にあわせてむつみあおうとしない人たちで、社交的でない私は、あちこち話しかけるのにまごついたが、そのうち、井伏さんが、子どものように、

「石井さん、ベルモット。」と言われた。

私は、はじめて気がついて、そのブドウ酒をもちだして、やっとほっとした。お酒のことにはくわしい友だちが、私のために選んでくれたものだから、おそらく戦時ちゅうでもなかったら、井伏さんは、そんなものは飲まれなかったのかもしれない。それでも、晩春か、初夏で、みどりの葉の色のいっぱいなベランダでベルモットをのんでいらしった井伏さんたちは、私には、とてもうれしい風景だった。

それから、私の記憶は、戦後にとんで、ばらばらになってしまうが、それは、私の身辺が、とても忙しかったからである。戦後、私は、東北で夢中になって百姓をしていた。そのころ、太宰さんが、「河北新報」に「パンドラの匣《はこ》」という作品を連載していらしったけれど、私は、それも読まなかった。夜になるとねむくなって、とても新聞の読めない生活だった。東京の井伏さんのところへ手紙のついでに、「太宰さんも東北ですね。」と書いたら、井伏さんから、「太宰君の住所は、どこそこです。」というかんたんな御返事があった。

私は、あの戦争ちゅう、「自分の思っていることが書けなくなったら、死ぬ。」と言っていたという太宰さんが、青森のいなかで胸にたまっていたことをいくらでも書ける時世が来てよかったなと思ったけれど、とくべつ手紙に書くことも思いつかなかった。

半年に一度くらい上京すると、身うごきもできない満員電車の中で、アワをとばして「ダザイハルム」を論じている青年を見たりして、「ああ、太宰さんはたいへんな流行作家になられたんだな。」と、いつも太宰さんから少年のように初々しい感じしかうけとれないでいた私は、ふしぎな気がした。

そして、ある日、突然、東北のある山かげの道で、仙台からお米をしょいに来た友人を駅まで送っていきながら、私は、太宰さんの「心中」のニュースを聞いた。それは、ショックだったけれど、私が、その時、ぱっと考えたのは、太宰さんのことではなくて、井伏さんのことだった。何度も太宰さんを「死にたい病気」からひきもどしたことのある井伏さんが、とうとうこのことに会われて、どんなにしていらっしゃるだろうということだった。

私は、何も手紙に書くことができなかったけれど、何カ月かして井伏さんにお会いした時、まず「太宰さんがお亡くなりになって……」と言わずにいられなかった。そして、私は、話の途中で、「友情って、結局、そこまでは繋ぎとめられないものなんですね。」というようなことまで言ってしまった。まるで井伏さんを責めるように。

すると、井伏さんの話してくださったのは、私には奇怪な事実だった。死の直前の太宰さんのまわりには、いろんなものがとりまいていて、井伏さんは、とうとう太宰さんに近づくこともできなかったというのである。

それから、井伏さんは、ひょっと、

「太宰君、あなたがすきでしたね。」と、おっしゃった。

私は、いまでもよくおぼえているのだけれど、「はァ」と笑うような、不キンシンな声をだしてしまった。そして、びっくりしたまま、

「それを言ってくだされぱよかったのに。私なら、太宰さん殺しませんよ。」と言った。

私は、太宰夫人のことも、たいへん同情していたし、そのほかのこともあったから、このことばは、私が、太宰さんをすきとかきらいとかいうこととは、まったくべつで、一つの生命が惜しまれてならなかったのだけれど、私は、それを井伏さんによく説明することができなかった。

「だから、住所知らしたじゃありませんか。」と、井伏さんはおっしゃった。

友だち

小さい時、私は、おとなというものは、心のなかに、どっしりとした――たとえば、重石《おもし》のような――ささえをもっていて、どんな時にも、おちついていられるものだと思っていました。だから、おさない私は、何かこまったことがおこれば、いそいで家のおとなのところへとんでかえればよかったのです。

ところが、自分がおとなになってみると、そんな、どっしりした心のささえなどというものは、なかなか得られないのですね。しかも、おとなは、子どもとちがって、そこへかけつけてゆきさえしたら、問題を解決してくれるというような相手がないのですから、苦しみは、深いわけです。

戦争ちゅう、また戦後、日本人はさまざまな苦しみをこえてきました。また、何年か前、日本は、たいへん不景気で、新聞をひらくと、毎日、親子心中の記事が出ているというような時期がありました。私は、朝、新聞をひらくのが、こわい気がしました。こんなに大ぜい人間のいるなかで、その人たちが、ポツンとひとりぼっちになってしまった、死の直前の苦しみが、こっちの胸をつきさすような気がしたのです。

そのころのこと、私は、ひとりで、一年間、外国旅行をすることになりました。私が、つよいホームシックを感じたのは、日本を去る前のふた月だといったら、おかしくきこえるでしょうか。私は、外国で知らない人たちのあいだで、ひとりぼっちになることを想像して、自分の生まれた国や、自分のまわりにいる友だちを、いまさらのようにだいじに思ったのでした。

ところが、私が最初にわたった外国であるアメリカにいったら、どうだったでしょうか。私が旅してゆく先ざきに、新しい友だちがいて、さっと手をさしだしてくれるのです。私は、日本を遠くはなれてやってきたということが、ピンとこなくなってしまいました。

その年の十一月の最後の木曜日の感謝祭という、アメリカの祭日に、私はニューヨークにいました。感謝祭というのは、アメリカの開拓期にうまれた、その年の収穫を感謝する休日ですが、このごろは、ふだんは、なかなか会えない家族がより集まって、ごちそうをたべる日になっています。

アメリカに家族のない私は、このお休みを、ひとり、あちこち歩きまわるつもりでいました。ところが、感謝祭の数日前に、Mさんという人から、手紙がきました。Mさんは、もうじき七十くらいになる、ある出版社の社長で、私とは一度あったきりです。Mさんの会社は、ニューヨークにありますが、住んでいるのは、ニュージャージーという、となりの州でした。

その手紙には、

「あなたは、ことしは、ご自分の家庭から、遠くにきているが、私の家の集まりにきてみる気はないか。ほんの小さい家族だけの集まりだが、アメリカの家庭が、どんなものか、見るのもおもしろいでしょう」

とかいてあって、バスの道順や時間表がくわしく書きつけてありました。

私は、喜んで、この招待をうけましたが、おどろいたことに、感謝祭がくるというので、私を思いだしてくれたのは、Mさんばかりではなかったのです。つづいて、いくつかの招待の手紙や電話が、私の宿にとどきました。

もちろん、私は、Mさんのところへいくと返事をしてしまっていたので、あとの人たちには、「まことに残念ですが、先約がありますから」という、ことわり状をだしましたが、この時は、ことばの上だけでなく、ほんとに残念な気がしました。その人たちのなかには、私がほんとに会いたい人もあったのです。そして、アメリカの人は、いそがしいので、感謝祭のように、みんながゆっくりできる日は、そうたくさんはないのです。

さて、Mさんの手紙にあったとおり、Mさんの家の集まりは、ほんとに小さいものでした。

私が、Mさんのさしずどおり、一時間以上もバスにのって、ニュージャージーのある小さい町につきますと、その停留場のそばに、古ぼけた小型自動車がとまっていて、私がバスからおりると、その中から、三十五、六の、あまりぱっとしない服装の小がらな男の人が出てきて、

「あなたは、石井さんか」

と話しかけました。

それが、Mさんのむすこでした。アメリカでは、小型自動車はめずらしいので、私は、ちょっとびっくりしました。ことに、その人は、出版会社の社長のむすこなので、この古ぼけた自動車は、私には、意外だったのです。

Mさんの家についてみると、それは、百五十年も前にたったという、木造の白ペンキ塗りの、小づくりの家で、Mさん夫婦は、アメリカの歴史のうかがわれる、その家を、だいじに改造しながら、住んでいるのでした。

集まったお客は、Mさんのむすこ夫婦に、その坊やのトムという少年、それに私だけでした。みんな、さっぱりしたふだん着といった、かざらない身なりでした。

ごちそうは、女中さんもいない家なので、年とったMさんのおくさんの手づくりの七面鳥の丸やきに、山ブドウのジャムや、カボチャのパイです。

日本の話などをしているうちに、ごちそうもおわると、私たちは、わきの小さい応接間に席をうつして、Mさん老夫婦が、オルガンで、むかし歌った民謡などを、私に歌ってくれました。むすこさんのおくさんも、トム坊やも、いっしょに歌ったり、話をしたりしました。むすこさんだけが、いつまでも、その席にあらわれません。私は、しまいには、ふしぎになって、どこかへいったのかと思いはじめましたら、ごちそうのあとのお皿洗いを、ひとりでひきうけていたのでした。そして、みんなでそろって、日本のことを問いかけます。

あたりには、少しずつあいだをおいて、ずっと家がならんでいましたが、どの家も静かでした。Mさんの家とおなじように、なごやかな集まりをたのしんでいたのでしょう。

午後は、近くの森に散歩に出かけたりして、私が、ご主人のMさんの自動車――これは、さすがに、大きい、ピカピカなものでした――で、バスの停留場に送ってもらったころには、もうあたりは暗くなっていました。

だれもいない、しんかんとした、木かげの停留場で、その老人とふたりで、星をいただいて、バスを待っていた時、私はふしぎな気もちになりました。日本をたつ時の、不安な気もちは、ひとつかけも、私の心のなかにないのです。私は、地球上で日本とは背なかあわせの大陸の、人かげもない林の中の道に立っていながら、さびしくもなんともないのです。私は、その時、ごく自然な気もちで、自分の感じをMさんに話しました。

「石井さん、だれでも、いま、その人の立っているところが、世界の中心なんですよ」

と、Mさんはいいました。

私は、小さい時、おとなのなかにあると思った、重石が、このことばのなかにあるように思いました。

「きょうは、ほんとにありがとうございました」

と、心からいって、私は、バスにのりました。人間は、ひとりひとりが、世界の中心なんだ、そして、そこにしっかり立って、まわりの人と手をくめばいいんだ、もたれかかってはいけない、あまえれば、くるしくなる……こんなことを考えながら、私は雑踏のニューヨークにもどってきました。

旅のゆくさきざきで、私はいいお友だちを発見しました。なかには、名を知らない人もいます。けれども、その人たちも、私が生きてゆくうえに、手をかしてくれた人びとです。一年の旅は、私に大きなことを教えてくれました。

友情

友情というものを、ここで、かりに、顔を知っていて、手紙もやりとりする、ということ以上のもの、ときめてみると、戦争前の日本の女の人たちは、よほど意地っぱりか、特殊な生きかたをした者でないと、異性間の友情はもちろんのこと、女同志の友情にさえも、めぐまれていなかったのではないだろうか。

いくら女の子だって、小学校へあがれば、そこでお友だちができる。私の思い出にも、毎日、仲よくつれだって学校へいった、おさな友だちの顔がある。でも、いま、その人たちは、どこへいってしまったんだろう。その人たちとの友情は、小学校を卒業すると、いつの間にか消えてなくなった。

そして、女学校では、またべつの友だちができた。けれども、その人たちとも、学校の卒業が、友情のおわりであるかのように、わかれわかれになる場合のほうが多かった。

なるほど、女学校の卒業後、一年か二年くらいは、若い娘らしく、毎日のように手紙をだしあって、こんなに仲のいい友だちが、かわるはずがあろうなどとは、もし、ひとから言われれても信じられなかったろうけれど、二年、三年とたち、みんなそれぞれの家庭の空気にしみついたり、結婚したりで、たまにあってみても、なんとなく話があわなくなる……。

こんなふうにして、たいてい、いままでの女の人たちは、じぶんの友だちというものをなくしてしまったらしい。しょっちゅう会って話しあう、女の友だちらしいものといえば、じぶんの女きょうだいであったり、おとなりのおくさんであったり、だんなさんのきょうだいであったり、だんなさんの友だちのおくさんであったり。

つまり、これは、友情だけの問題でなく、女のひとには、じぶんがなかったということなのだろう。なんて、もったいないことだ、と、私は思ってしまう。

私は、いつの時代を思いだしてみても、いつもいい友だちがあった。これは、ほんとにありがたいことだと思っている。けれども、私に友だちがあったということは、私が結婚しなかったということと、大きな関係があるのではないだろうかと考えると、かなしいような、おかしいような気もちがしてくる。

私の友だちは、たしかに私の友だちだった。私の「だんなさん」の友だちでも、きょうだいの友だちでもなく、私が生きてくるあいだに、じぶんで見つけ、育ててきたつきあいだったたから。そして、その友だち達と、なんとたのしい時をすごしたものだろうと、ありがたくなるのである。ことによると、いやなことは、みんな忘れて、たのしいことばかりおぼえているのかもしれないけれど。

親しい友だちの一人は、死んでしまった。その人が死んだとき、私は、かなしいとか、なんとか思うまえにまっ黒い底なしの穴におちこんだような気がした。けれど、その時機がすぎると、私には、いっそうよくわかってきた。友情というものは、生きるための支えであることが。むこうが死んだあとまで、こちらを支える力は、ちっともおとろえることがないのだということが。

これからの若い人たちは、女だからといって、お友だちまで、あなたまかせということはなくなるだろう。そんなことがあったら、ほんとにもったいないことなのである。私には、女のお友だちが多いので、そう思うのかもしれないが、女にとって、いい女のお友だちは、「だんなさま」にまけないくらい、いいものではないかしら。くらべてみられないのが、残念であるけれども。

はるかなものをもって

「新しい恋愛倫理」について書けというのですが、こういう題は、私に適してもいませんし、私のこのみには、少しむずかしすぎ、かたすぎます。恋愛については、ほかのこと以上に、特に興味をもっていませんし、また、何事によらず、おしつけがましいことは、きらいだからです。

私には、どうも恋愛というものは、規則ばらず、もう少しなごやかに、やわらかくゆきたいのです。それに、こういうことは、りくつだけでは割りきれず、人おのおのの考え方、感じ方に左右される点が多いので、どんな時代が来ても多分に個人的な色のつよく出るものだろうとも考えるのです。新しい時代の恋愛は、かくあれ、こうしなくてはならないといいきりたっていることは、それこそ、日本的にいうなら、ちょっとやぼに思えます。

しかし、そうかと言って、人間は、自分の生きている時代の外に逃げだすことはできません。人間の考え方、感じ方、みな、意識的にしろ、無意識的にしろ、時代の影響をうけずにはいられません。ことに、最近の日本のように、こう急に時代の嵐にさらされた国では、私たちの物を見る目は、もう十五年前とくらべても、たいへんなちがいです。ことに、これは、女の場合に、大きいと思います。

第一に、戦後、女も意志をもって一人の人間として行動するという、あまりにも当然のことが法律の上でみとめられ、私たち日本の女は、自分の足の上に立つことになりました。

このことは、恋愛や結婚の形を、否応《いやおう》なしに大きく変えずにはおきません。恋愛や結婚がなりたつには、男と女は、少くとも、一人ずつ、いるのですし、いままでのように、そのうちの片方の意志が主で、もう一人は、あとについていけばいいということはなくなった――あるいは、なくなりつつあるのですから、恋愛についての考え方が、かわってくるのは、だれにでも、想像のつくことです。

つまり、恋愛は、当事者のあいたいで、片方だけの意志の成就をのぞむものではないということが、新しい恋愛についてのだいじな点の一つだと思います。

また、人間が、自分たちの意志を、社会で認められるには、第三者の意志も認めなければなりません。ですから、いくら恋愛が、多分に関係当事者の個人的な問題である面が多いとしても、世の中から、自分たちだけ、切りはなして、二人だけのこととしてかまけていることはできなくなるでしょう。

つまり、この二つのこと、恋愛する人間同志は、二人ともおなじ重さをもつということと、また恋愛を、まったく二人の個人的なだけの問題と考えるわけにいかなくなること、これが、第二にだいじな点ではないでしょうか。

こう書いてくると、私の心に浮かんでくる一つのなつかしいシーンがあります。戦争中の北京の夕ぐれでした。中国は、空気がすんでいる国です。ある女友だちと二人で歩いている街路の上に、ほんとと見えないほど輝いた星が出ていました。私たちは、それこそ陶然というような気もちで、それでも熱に浮かされたときよりは、ずっと静かな気もちで、ごく最初に出はじめた、いくつかの星の下を歩いていました。知らず知らず、私たちは、話しながら、私たちの真向いに見える星を見つめて歩いていました。

その時、友だちが言いました。

「私、いつも、こうして遠くのものを見つめて歩いていると、これからの恋愛とか、結婚ってものは、こんなふうなもんじゃないかと思うの。二人の人間が、ならんで、手をつながないで、はるかなものに向かって歩いていくことなの。二人が、向かいあいになってしまうと、いけないいんじゃない？　二人だけのことになると、いつか、衝突がおき、まずくいってしまう。けれど、二人とも、遠くに目ざすものをもって、そっちへならんでいくとき、ほんとに、和のある、いい恋愛や結婚ができるんじゃないかしら」

私は、心から同感したのでした。私たちは、その時、二人ともひとり者で、二人とも、恋愛をしていなかったから、すぐさま、そんなふうにうまく同意できたかもしれませんが、それから、十五年、私は、いまだに、ことにふれ、その友だちのことばを思いだしては、そういくべきなんだろうなと、考えずにはいられません。

しかし、私は、恋愛や結婚の当事者の見つめるべき、この「はるかなもの」が、一つの星でなければ、ならないとは考えません。それこそ、世の中には、数えきれないほどの星があるのです。ただ、まだ理想郷に住んでいない、現在の私たちは、男と女の興味がちがいすぎたり、物の見方にちぐはぐなところがあったりで、現実のこととなれば、むずかしいことが、たくさんでてくるでしょう。けれど、もし、その二つの星が、おなじ方向にあれば、そして、なるべく、おなじくらいの高さにあれば、二人の人間にとって、たいへん幸福なことにちがいないと思います。

とはいうものの、こんな理くつを言うことはやさしくても、戦後に大きくなった人たちをのぞいて、それ以前に、いま考えればこっけいとも思えるような婦徳などというものをおしつけられ、知らず知らずのうちに、それが習い性となってしまった女性たちにとってごく自然な健康な女という生きものに生まれかわることは、容易なことではありません。ことがらをいっそうむずかしくするのは、そういう教育をうけて来た女の人たちがいま母親になっているということです。そして、子どもたちは、親たちとはたいへんちがった世の中で育ち生活しているということです。この理解しあえないことから若い人たちが必要以上に、親の育った時代の道徳律から反対の方向に移っていることがおこるのでしょう。

この混乱は、さけがたいことかもしれませんが、私は、残念なことに思えてなりません。若い人たちは、古い時代からぬけだして、のびのびと、健康にやっていってもらいたいのです。

よく私たちは、古い頭の切りかえは、ずいぶんむずかしいことのように思いがちなのですが、案外、思ったよりやさしくいく場合もあるのではないでしょうか。

先日、ある職業をもって独立している女の友人に会いました。その人は、子ども二人をかかえて、夫なる人と別居していました。夫には、ほかに、恋人ができたのだそうです。

私は、それまでも、その友人が、不安定な仕事をもって、子ども二人をかかえてやっていくすがたを見て、いつもかんたんしていたのですが、なぜその夫と別れないのかということを、ふしぎに思っていました。よっぽど、別れたら、いいんじゃありませんかと言いたくて、私は、むずむずしたこともありました。けれど、前に、一度、そういうことでは、べつの友人で失敗したことがあります。あまり、愚痴をきかされるので、それでは、別れたらと言いましたら、かげで、たいへんうらまれた。しかも、ひとり者の私が、夫婦者をうらやんで、別れろ別れろと言ったというようにとられたということを聞いて、ひとのことには、口をだすまいと決心しました。

ところが、今度の友人は、久しくゆううつだった顔色も、さえざえとして、会いに来たのです。そして、とうとう、だんなさんと別れたというのです。

いままでも、その夫なる人と、とてもいっしょに暮らすことはできないとわかっていながら、別れてからの孤独感を思うと、ふんぎりがつかなかった。それが、何年か思いあぐねたすえ、さっぱりひとりになったら、なんという、明るい、すがすがしい風の中を歩いているような境涯だろうというのです。

それは、その人にも、まったく思いがけないことだったらしく、うれしくてたまらないように、話すのですが、私も聞いていてほんとにうれしくなり、笑いだしてしまいました。

その人は、それまでも、子どもたちも、自分の身も、苦労しながら、支えてきたのですから、その点では、ほんとにひとりだちの生活をしてきたのです。けれども、その心は、ひとりだちしていませんでした。知らない間に、自分を片わきにしていました。二本の足で立つかわりに、一本足でよりかかっていました。それが、その支えを、思いきってたってみたら、なんと、ちゃんと、自分ひとり歩けるということがわかったわけです。

ですから、古い者も、新しい時代の子どもたちも、思いすごすことなく、心臓の鼓動だけの愛情でなく、頭の目もあけて、理解と愛情をもって、人を恋するなり、結婚するなりする。そこに、いままでの日本では、なかなか得がたかった、健康で、まっとうな男と女の関係が、うまれてくるでしょう。失恋、三角関係、その他の悲劇というものは、どんな時代がきても、人間が微妙な生きものであるかぎり、さけえられないと思います。けれども、それは、人間として耐えなければならないことですし、愚劣に人を傷つけ合うということだけは、人間の良識でさけられることだと思います。

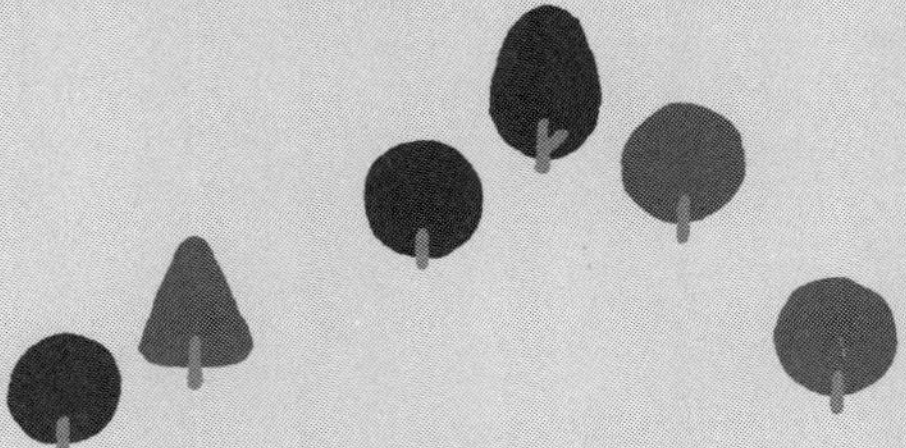

のぞいてみたい世界

「数学についての素人の随筆」という題をあたえられて、考えてみたら、ぐっとつまってしまった。「数学」というものについて、何も知っていないということが、わかったからである。

友だちの御主人に数学者がいらしって、いままで、その友だちのことを、べつの友だちに話すのに、「あの方の御主人は、数学者の何々先生よ。」などといっていたのだが、じつは、その御主人が、頭の中でどんな仕事をしていられるのか、ちっともわかっていなかったということがわかった。

これは、考えてみれば、おそろしいことで、ふだん、いかにもわかっているような顔をして使っている日本語のなかに、その内容が、皆目《かいもく》見当もつかない場合が、どのくらい、多いのかと、ちょっと寒けがした。

数学とは、いったい何だろう。岡潔先生の御本などを拝見すると、私たちが常識的に考えているのとは、たいへんちがった、ふしぎな世界なのだということは、おぼろげながら感じられる。

算術だの、幾何《きか》だの、代数だのいうものは、「数学」という世界の中でどんな位置にあるのだろう。

私は、小学校の時、算術がすきだった。算術は予習も復習もいらないからだった。その時間に先生の話を聞いていればわかった。なおいいのは、試験の時に、勉強していかなくていいからだった。考える材料は、問題の中に出ていた。歴史やお裁縫の試験はこうはいかなかった。年号や標準寸法などというものは、忘れたが最後、自分で新発明はできない。

女学校にいってからは、代数は、何となく居心地がわるく、幾何になったら、また算術の世界にもどったようで、それから、これは、数学の仲間ではないかもしれないが、図画の時間に、立体用器画というのがあって、これがおもしろかった。こういうふうにすると、こうなるな、と考えていくと、円錐《えんすい》形の切断面の寸法などがでてくるのだった。

クラスの友だちが、むずかしいむずかしいといったが、答はでているのもおなじなのに、どうしてそんなにむずかしがるのかと、ふしぎだった。そのころ――いまもこれはおなじだが――私が、いたってぼんやり者で、自分は頭がいいんだなどと得意になり、「数学」を志したりしなかったことは、感謝しても、したりない。

いま私に興味があるのは、小さい時には考えれば答のでてきた私の頭が、現在、おつりもよく勘定できないということである。このごろは万事あなたまかせ、買物をして、むこうでくださるおつりは、ありがたく頂戴《ちょうだい》してくるようになってしまった。

こういう頭の働きは、どういうことなのだろうと、ある人（数学者でない）に聞いたら、小さい時には、頭が直感的だから、そういうことができるのだといった。その時は、例のあなたまかせで、「ああ、そうなんでしょうか」と答えたが、考えてみたらどうもおかしい。

小学校から女学校にかけて、私がおもしろがって、算術や用器画の問題を解いたのは、頭によけいなものがはいっていなかったから、論理も追っていけたからではなかったかという気がする。

いまのように、こう頭が弱くなってしまっては、いたしかたもないけれど、もう少し小さい時の強さが残っていて、おぼろげにでも数学の世界がのぞけたらどんなにいいだろう。

頭のなかのひきだし

こんど「英米文学史講座8」に「児童文学」という項をうけもって、つくづく、自分の頭のなかのひきだしの内容に、整理のついていないことを痛感した。

人間の頭の働き方には、さまざまな型があることは、私もまえから考えていた。綿密なの、不正確なの、きちんとしたの、だらしがないの、等々というように。そして、この「だらしがない」ひとつにしても、けっしてかんたんではなく、いろいろなだらしなさがあるようだ。

私は、日ごろ、自分の整理べたには手をやいている。しかし、無精《ぶしょう》というわけではない。たとえていえば、私は着たものを、あかのついたまましまってしまうことはしないで、洗たくは手まめにする。けれども、しまう時に、服は服、くつ下はくつ下と分類しておくことがへたなので、さあ、出がけには全部ひっくり返さなければならない。

私が、今度、講座で書いた「児童文学」の材料は、たいてい、私が六年ほど前、勉強のため、英米をまわった時に見聞した本や知識にもとづいている。

去年、西川正身《まさみ》先生から、この項を書いてみないかとおっしゃられた時、私は、講座というものは、はじめてであったけれど、頭のなかのあれやこれやを思いあわせて、どうやらまにあうかなと考えた。

ところが、書きはじめてからおどろいた。私の書きためたおぼえ書きや頭のなかは、ほとんど整理がついていないで、かんたんな年号ひとつ、正確には出てこないのである。私は、一九五六年の冬の三ヵ月、"A Critical History of Children's Literature"の著者のひとりElizabeth Neabittの講義をたいへんおもしろく傍聴したので、そのメモなども、今度、たびたび相談できるとたよりにしていたのに、何年ぶりかで開いた旅のノートは、英語と日本語がちゃんぽんにならび、まちがったスペリングやわからない字に満ち、私を一驚させた。

その一節をここにひいてみると、きっと大ぜいの方に笑っていただけると思うのだが、それはさしひかえたほうが、よさそうである。しかし、いまからでもおそくない、と、私は、今度の講座を書いてみて考えた。メモをとる時は、かんたんなことでも、ちゃんとわかるようにつけ、できるだけ頭のなかを、その都度、整理しておかないと、いざという時、ひどいほこりをたて、その大掃除だけでも、くたくたになるものである。

テレビはお客さま

家では、いま三人の人間が同居しているが、それぞれ、ちがった境遇の人間が雑居しているにすぎないので、この中のひとりが、特にラジオ狂とか、テレビ狂とかだと、ことは面倒になるのだが、朝早くから、歌をききたい人もいなくて、ありがたいことだと思っている。

ひとりは、同居の学生さん、ひとりは女中さん、それに、私である。この三人が仲よくテレビを見るのは、朝、昼のニュースの時間、それから、各々が仕事を終えたり、仕事に疲れたりした時の夜の三十分から一時間。しかし、夜は各自の仕事がばらばらだから、見ないこともある。

いったい、ラジオやテレビは、どのくらい聴取者あるいは視取者に利用されれば、文明の利器としてのつとめを果たすものなのだろうか。私の家などは、まずその点では利用率は落第というところにちがいない。

もともと家のテレビは、姉が一緒にすんでいた時、私があまり話の相手になれないので、気のどくに思って買ったのだが、テレビがくると同時に、ラジオはしまいこんでしまった。どっちも利用すればいいのだろうが、毎朝、ラジオ番組、テレビ番組をしらべて、きょうは、こういうのがあるよと教えてやろうとする気のある人も、時間のある人もいないらしくて、とにかく、こっちの気持ちの余裕のある時だけ、ぱっと新聞をしらべるのである。

姉がいなくなってから、家ではテレビは、まるで遠慮がちなお客さまのように、居間のすみにひかえている。こういうおとなの態度は、子どもたちにはうつるとみえて、近所から大勢あそびにくる子どもたちが、「テレビ見せてね」ということがない。たまたま何か写っていれば見るが、さもないと、私の家のテレビは、そこにおいてあるものと思うらしい。本を読んだり、話をしたりして帰るのである。

私の聴覚

世の中には、そばに音がきこえていないとさびしいという人もいるらしい。私は、どっちかといえば、何もきこえない時のほうがおちつけていい。

どんな環境がたのしく思えるかと、いつか人に聞かれた時すきな友だちと一しょにいて、それぞれ本を読んでいるというような情景が心にうかんだ。どうしてこういうことになるのかと考えてみると、私が聴覚的でない上に、頭の回転が人なみはずれてのろく、何をするにも考えこまなくてはならないからではないかと思う。

こんな調子だから、ラジオやテレビには興味がないほうで、ほんとに今日的でないと思うのだけれど、正直のところ、聞いたり見たりして喜ぶ場合よりも、うるさいなと思う時のほうが多いのである。せっかく、のろのろ自分のテンポで歩いているところへ、何かガチャガチャしたものをおしつけられるという感じである。

戦後から二、三年前まで、東京の私の家には、ラジオがなかった。ニュースなどご近所ので十分以上に聞こえることもあった。ところが、世の中が、いよいよあわただしくなり、私のテンポでやっていたのでは、家事が間にあわなくなり、お手つだいをおくことになった。そうなるといま時、ラジオもなしでは同居する人たちに気のどくな気がして、知りあいの人に組みたててもらった。そしていまさらながら、おどろいたのは、人は聞いてもいないラジオをかけっぱなしにしているということである。七十の老女が、すまして受験用英語講座を聞いていたり、若いお手つだいが、どこか姿も見せずに歌謡曲をかけていたりする時、ラジオを聞くのが、私のこのごろの役になってしまった。

放送ぎらい

私は、あまりラジオはすきではない。ラジオをきくことも、放送することも、あまりすきではない。

といっても、だいたいが、人ごみに出たり、大ぜいの人と話したり、大きな声をきいたりすることがすきでないたちなので、ついこうなるまでの話で、「ラジオ」というものを、とりたてて、にくんでいるわけでもなんでもない。

けれども、ラジオをききたいと思わなかったり、放送に出たくなかったりするのは、やはり、事実で、げんに、私のうちには、いまラジオがないけれど、ちっとも不自由とも、さびしいとも思わない。ただ、いっしょに住んでいる人たちが、新聞を見て、「きょうは、だれさんの放送がある」などといっているのをきくと、人なみにラジオをききたいと思っているだろうと思って、気のどくになり、近いうちに、機械をひとつ、おくことにした。

でも、ラジオをきくだけの場合は、ききたくない時は、スイッチをきっておけば、それでいいのだから、それほどやっかいなことはない。こまるのは、放送のほうだ。

　私のようなもののところへも、時々、放送局の人が見えて、放送するようにというお話がある。私は、いつもふしぎに思うのだが、放送局におつとめの方々は、人間はだれでもラジオに出たいと思っていると、きめていらっしゃるのではないだろうか。私は、おことわりするのに、ひと汗かくのである。

　話がうまくて、人のためになることを、人に快感を与えるように話せる人は、大いにラジオに出て、大いに語るべしと、私は考えているのだが、話がへたで、きらいな人間まで出なくてはならないというのは、すこしおかしいと思う。

　それでも、そこが、話がへたなために、うまく言えないで、ごたごたしているまに、出なければならないようなはめになってしまうことがある。

　そういう約束をしてしまってから、いよいよ録音するまでのあいだのいく日かの、あの何をしていてもおちつかない、いやな気もちといったらない。そして、録音室へはいるときは、大げさに言えば、おしおき場へはいるようだ。それから、いよいよ録音がはじまると、前もって考えておいたり、書いておいたりしたことは、どこへやら、じぶんが、あらぬことを口ばしっていることに気がつく。じぶんながら、あれよあれよとおどろくのだけれど、どうにもならない。

　家へかえってきても、いっしょに住んでいる人たちにも、録音してきたことは、たいていだまっている。ラジオがないから、かくそうと思えば、かくせる。けれど、勤め先なんかで、「けさ、ききましたよ。声がちっとも似ていませんでしたね。あなただと思おうとしても、思えませんでしたよ」などと言われる。

また、ちがった家に住む兄から、「おまえは、なんであぁ早口にしゃべるんだね？」などときかれる。

そんなとき、私は、まったく返事にこまってしまう。まるで、神がかりみたいに、うわずってしゃべってしまったことに、責任をもたなくちゃならないなんて、これはひどいことになったと思ってしまう。

ほんとに、放送は、私にはにがてだ。

講演と論文

この題名は、私にとってむずかしく、したがって、へたな仕事の種類を選んで掲げただけのことである。

あるとき、先生をしたことのあるひとから、講義を終えて、教壇をおりると、全身爽快感をおぼえるという話を聞いたことがあって、私は、おなじ人間でも、どこの出来のぐあいで、こうも違ってくるのかと、びっくりしてそのひとの顔を見たおぼえがある。私の場合は、もちろん、講義などはできないし、頼まれて、いやいややったことがあるのは、つまり講演、お話である。

数年まえまで、私の考えていることをひとに伝えることに、一種の義務感のようなものを感じて、時どき、お話に出かけた。ところが、こちらの頭が筋道たっていないものだから、話をまとめるのに何日かかかる。そうしてやっとすませた話が、思うようにできた験《ため》しがない。それを悔んで、あと三、四日をなやんで過ごす。それに、異常体質でもあるのか、じっさいにからだじゅうが痛みだして、寝こむときが多い。お話は、私にとってほんとうに苦しい仕事なのである。

しかし、よく考えてみると、話がうまくゆかない理由の六、七割は、私にあると思われるが、あとの分のなかには、さまざまな事情がはいってくるらしい。まず、私は、たいていの場合、時間は励行する。（いつか交通渋滞で、とんでもないご迷惑をかけてしまったことが、一度あるが。）ところが、PTAなどの会で時間どおりにはじまることは、めったにない。そして、会のはじまるのを待つ間、役員のひとたちが出たり、はいったりして、お天気の話などをして、私の相手になってくれる。

私には、それが何よりつらい。せっかく、私の考えを、か細い糸でつないで、頭のなかの埃《ほこり》を沈めてきたのである。それを、みんなで寄ってたかって、埃をかきたてる。ときには、うけ答えしているまに、私は、自分の話の糸口を見失ってしまいそうになる。

私の話をしどろもどろにさせる理由の第二は、やっと集まった聴衆（何という恐ろしいことば！　私は、こういうひとたちの前に立ちたいと、一度も考えたことがないのだ）が、べつに私の話を聞きたいとも思っていない場合である。話すのは、誰でもいいのである。それなら、私よりおもしろいことを上手に話すひとは、たくさんいる。現に、この頃は、「お話を」という電話がかかってきて、健康の都合で（これは、前記のように、事実なので）いかれないというと、たちどころに、「では、どなたか、すいせんしてください。」といわれる。

それにしても、世の中には講演会がたくさんありすぎるように、私には思われる。論文というものを求められて、身を切られるような思いがするのは、講演の場合とおなじである。もし、私が論文らしいものを書きたくなったら、私は短いのを、一生かかって書くだろう。私の頭のなかにつまっている疑問をゆっくり解きほぐしてゆきたい気がしないではない。いま、私の心にかかっているのは、昔話の「……だったとさ」のとさの問題である。とさをセンテンスの終わりにくっつけて、この話の真偽のほどは保証のかぎりではないんだよと、くり返し念をおしながら話してゆく話に、子どもが（それから、昔は文字を知らなかった大人たちが）まっすぐはいりこんでいく秘密は何だろう。

これは、私のもつ疑問の一例なのだけれど、こういうことを、ひと月で何枚にまとめるというようなことが、私にはとてもできないのである。

どこまでのろくできているのかと、自分でも呆れることがある。私は、八人きょうだいの下から二ばんめで、自分では、ごく普通の子どもとして育ってきたつもりであったら、いつか十何歳か上の兄に、変わった子だったといわれてびっくりした。私は、ほかのきょうだいとけんかをしないで、彼らのけんかをそばに立って見ていたそうである。

そういえば、すぐ上の姉たち二人は、よくとっくみあいをしていた。私は、その中に割ってはいったおぼえはない。どっちへ加勢していいのか、ぴんぴんと反応し得なかったにちがいない。いまでも、口は軽くないし、ぱんぱん、ひとのいうことをやり返せない。

大人になってから、ひとの悪口をいうのが天才的なひとと友だちになった。そのひとの話を聞いていると、こっちまで胸がすいてきて、たのしかった。一言一言、的確なのである。そのひとにとっては、間のぬけた私がおもしろかったらしく、私たちはほんとうに親しくなったが、そのひとは若くて死んでしまった。

けんかができないということは、確かにどこか欠けているので、その分、こちらは不自由で、苦しい思いをする。いつか、あるひとから思いがけない悪口——愚にもつかないことをいわれて、抗弁しようとしたら、こちらは、ろれつはまわらないし、第一、口をぱくぱく、あけたり、しめたりするだけで、ことばがちっとも出てきてくれなかった。

こういう人間が、講演上手になろうとしても、それは骨おり損のくたびれもうけであろうという諦観に私は、このごろ達した。

その私が、先ごろ、岩波ホールでお話をした。これは、私たち「東京子ども図書館」という仲間の仕事なので、しなければならないことであった。

ドキドキしながら、舞台の袖に立っていると、照明係の若いひとが、どのくらいの明るさにするかと聞いてくれた。芝居をするのではないから、客席が暗くなってもこまる。さりとて、こうこうと明るいと、目のわるい私は、目がくらんで、メモも読めなくなってしまうだろう。わからないまま、中くらいのところでけっこうです、といってしまった。

テーブルについてみたら、最前列のひとのりんかくが見えるくらいで、これでは、話し上手のひとには、物たりない明るさかなと思った。しかし、私には、二三〇人という「聴衆」の数は、とても気のらくな数で、客席全体が、ぼうと光る大きなクッションのように見えた。

この日、私は、まだ私にもよくわからない「とさ」のことを、私の幼時の記憶にひっかけて話したのだが、話すにつれて、大きなクッションが、きみょうにゆれ動き、あるところに小波《さざなみ》のようなものがおこって、ふくらむと、そこから、笑い声がおこるということに気がついた。そのクッションはあたたかくて、笑わないときでも、けっして私のいっていることに無関心ではないということがよくわかり、私をおちつかせてくれた。

これは、私の乏しい講演経験のなかでは、たいへんめずらしいできごとであった。

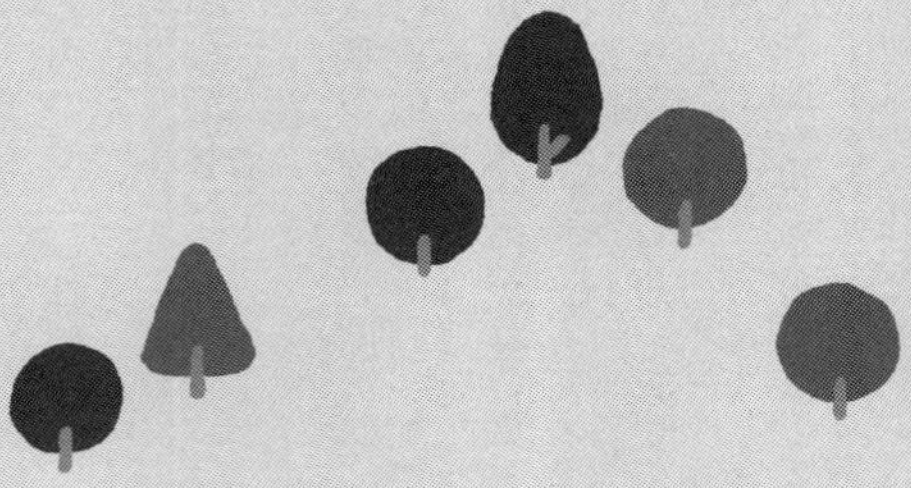

おんなと靴下

お母さんのぐち

しばらくまえに、表通りで知りあいのおくさんにあって、立ち話をした。

その人の息子さんが、大学の試験をうけるところだったので、そのようすをたずねたのである。

別れてから考えてみたら、そのおくさんの口からは、私と話しているあいだじゅう、ぐち以外は、ひと言ももれなかったことに気がついた。

息子の志望する大学は、たいへんむずかしいから、ほかにも、どこと、どこと、どこを受けてくれるようにといっているのだが、息子が、「だいじょうぶだよ、お母さん」といって聞きいれないこと、心配すると怒りだすこと、このごろの若者の気もちはわからないことなど……。

私は、その人と別れて、梅の花のにおう、春の気のみなぎりはじめた暗い道を家のほうへもどりながら、ふっと、その息子さん、やりきれないだろうな、という気もちになってしまった。

一日、ああいう話を聞かされて、このおなじ梅の花を、どんな目でながめているやらと考えたのである。

最近、聞いたら、その息子さんは、「だいじょうぶ」なはずの大学を、落ちたそうである。

お母さんは、「それ、お母さんのいったとおりだろ」といったことだろう。

若者の気もちを暗くしている責任のいく分かが、自分にあることも反省してみないで。

私は、犬を散歩につれてゆく時によく気がつくのだが、私のところの犬は、くさりをつけて歩くと、くさりをひっぱって前へ前へ出たがることがあるが、くさりをはずすと、恐縮しきって、わきをついてくる。

子どもも、おんなじではないかと思って、私は、ときどき、おかしくなるのである。

やかましい女たち

電気器具がどんどん家庭にはいりこんでくる。私の家でも、ここ数カ月に三つの新しい小器具をうけいれたが、三つともに、私はたいへん不審の念をいだかされた。

最初の一つは、電気の点火器である。十センチほどの長さのつつ型のにぎり——ここに電池がはいっている――の先に、二十センチほどの金属のほそい空洞の棒がついていて、ボタンをおすと、棒の先に赤く電気がともり、それでガスがつく、というしかけの、あれである。

これで、きたないマッチのもえさしをしまつしないでもすむと、喜んで使いはじめたが、これを台所の壁の釘にかけようとして驚いた。釘にかけるためのカギが、にぎりの先についていないで、棒との接続点近くについているために、何度かけなおしても、三十センチ長さのものが、横にぶらさがって、わきにさがっている杓子《しゃくし》やさい箸の出はいりのじゃまをする。

電気屋さんに話したら、「いや、そんなはずはない」という。そこで、ほかにどんなかけ方があるのか、教えを乞《こ》うた。何度かやってみても、点火器はすぐ横になりたがり、かれは「いや、どうも」と、頭をかいた。

おつぎは、電気敷布である。温度調節器が寝ている人の手にとどかないところについているので、私は、夜中に睡眠モウロウ、おきあがって、そこらをはいまわり、調節器をさがさなければならなかった。しかし、これは文句をいってなおさせたので、冬じゅう、私は長すぎるコードのとぐろのなかで寝た。第三は、本より先に人間の目に光を入れるような、ケイ光灯のスタンドのかさの不合理な形である。

いったい、だれのために電気器具はあるのか。女は、もっともっとやかましくならなければ、みんなが電気に使われるようなことになるだろう。

文化生活とスイッチ

このごろ毎日、郵便うけ箱に入っているP・Rのパンフレットの類には、驚かされる。

証券会社からのもの、百貨店からのもの、公共団体からのもの、商店連合会からのものと千差万別だが、そういうものの間から、ひらひらと、手で書いた手紙やはがき——それも親しい人からのが、こぼれ落ちる時のうれしさ。機械の国で、人間にめぐりあったような思いである。

老子は〝すべての書を信ずるのなら、全然読まない方がよい〟と言ったそうだが、私は、こうしたものを見るたびに、その通りだと思う。

このようなP・R印刷物が「書」かどうかは別問題として、私がそれらを全部読みそれに書かれていることの何分の一でも実行していたら、私は仕事をする時間がなくなり、生活はあがったりである。

ただでさえ、マス・コミのあらしにまきこまれそうな今日、広告類の一つ一つに気を動かし、きょうはどこに掘出し物がありそうだ、明日はどこになどと考えていたら、それは、自分の生活なのか、人さまにさせられている生活なのか、わからなくなってしまうだろう。

先日、あるアメリカの雑誌の「テレビの子供におよぼす影響」という記事を見ていたら興味あることが出ていた。

著名な小児科医や心理学者や教育家が、「テレビのプログラムによって、子供が不良化するか」という問をだされて、殆《ほと》んどが「否《いな》」と答えたそうである。

しかし「子供がテレビを見る時間を、親が制限する必要があるか」という問には、全部が「イエス」と答えたそうである。

結局、今日のような時代を生きぬくには、私たちは、自分たちの手で、忙しくスイッチを入れたり切ったりしなければならないのだ。

電車の中の紳士

ひと頃の時差出勤で大部混雑が緩和されたという国電に、必要にせまられてのった。自由業である私は自分の為にも、ひとの為にも、出歩きにラッシュ・アワーはさけているのだが、先日やむなくのった時は、一番ひどい時間に当ってしまった。

電車の中は、おし合いへし合いどころではなかった。こちらの身体は、芋《いも》か大根、こんにゃくかなんかのように押しこまれ、たたきこまれ、はこばれてしまうのである。六年ほど前まで、ある会社に勤めていた頃のことを考え、ああ、こんなふうな毎日だったかと、しみじみ思い出し、今の私の体なら、朝晩の往復だけで、全エネルギーを使いはたしてしまうことだろうと思った。

それにしても、何年たってもこの状態の改善されないでいる不思議さ。また、それに耐えてくらしていけるよう訓練される人間のタフなこと。

げんに、私の顔のまわりには、胸もおしつぶされそうな混雑の中で、二、三人が他人の背中を本たてにして、熱心に週刊誌を読んでいた。

また、すぐ横の紳士は、右手にツマヨウジをもち、手首だけしか動かせない様な空間の中で、歯の掃除に余念がなかった。しきりに、唇と歯で音をたてながら、はしから丹念に掃除。時々、どういうわけか、ヨウジをもった手で、カラーの折目をしごくのである。そのたびに、私は、こっちのくびをひねり、そのヨウジをさけなければならなかったのである。

ひとは、どんな場合にも、他人の背なかを本たてにする自由をもっていないし、自分の家の流しか、洗面所でするべきことを、公衆の面前でするべきでもない。

あまりの混雑は、たしかに、人間の尊敬を失わせるものである。

新鮮な目

美しい五月。風かおる五月。

東京でも、都心よりずっと北にあたる私の家の近くは、まだむかしからのケヤキやカヤの木などがのこっていて、この頃の新緑は目を見はらせる。

このよい季節を迎えて、家にあそびにくる近所の子どもたちの反応がおもしろい。かれらは、無意識に小動物のように目ざとくなり、活気をおびてくる。この子どもたちが、私の家にくるのは毎週、土、日の両日だが、六日見ぬまに咲きだした花を見つけて、

「いいなあ。家にも、あれ、あるといいなあ！」と、くり返していうのは、たいてい女の子である。

「池のオタマジャクシに足が出たよ！」と教えにくるのは、男の子である。

東京の子どもは、季節には無関心に大きくなるように、思っているけれど、けっしてそうではない。ただ大人が、かれらのむずむずしている感覚のまえに、季節の移りかわりを示すものを、つき出してやらないだけの話である。

去年は冬の終りから初夏まで、日曜日になると、数人の子どもがさそいあって、私をよびにきた。その子たちは、親がまだねているうちに、自分たちだけで身じたくをし、家をぬけだしてくるのであった。

風の寒い日など、一年ぼうずの子が、うす着で出てきた時など、私は、もう一度家に帰って、何か着てくるようにと帰さなければならなかった。

それから、畑のある方へと一時間の散歩をしたのだが、麦ののび方、つばきの散り方、バラの咲きだし方にいちはやく目をとめ、声をあげて私に教えてくれるのは子供達だった。

ほこりだらけの遊園地、殺人的な満員電車も子ども達を昂奮させるだろうが、まだ感覚のみずみずしいうちにこの自然の美しさを満キツさせたい。

お子さまむけ

奇妙なことに、私にはとても興味ふかい展覧会が二つ、東京でこの五月九日からひらかれている。

一つは、東京日本橋S百貨店の「ソ連児童図書と挿絵の原画展」で、もう一つは、おなじ日本橋M百貨店の「スイス図書展」である。

ソ連のは、子どもの本に限られているが、スイスのは、スイスで出版している本、おとなのも子どものも含まれている。

私は、両方のをかなり時間をかけて見て歩いてから、気もちが重くなって外へ出た。日本の本屋さんの店頭に並んでいるものと、そこにならんでいるものとを思いくらべてみたからである。

ソ連のように、国が子どもの養育に大きくのりだしているところでは国家的な組織でつくられていることは、すぐ想像がつく。

だから、そういう国よりも、出版社が自由競争で仕事をしている日本の参考になるのは、スイスの本だろう。

まずスイス展にはいって、その本のつくり方のすばらしさに目をうばわれた。内容はドイツ語で読めなかったが、しかし、あの美しい印刷、紙質を見ると、その内容だけが貧しいだろうとは考えられなかった。堂々たるおとなの本にまじって、子どもの本も心がおどるようにすばらしかった。

この展覧会に出してあるのは、その国の最上のものだというなかれ。美術的センスでは世界から尊敬されている日本では、最上等の子どもの本でも、けっして美しいとはいえない。日本ではお子さまむけといえば、どうでもよいということである。

小さい時から、こういう色や形を見せられている子と、いない子と、ちがってくるのは当然だな、と思うと同時に、日本じゅうのお母さんにこういう展覧会を見るチャンスがあったらなあと、しみじみ考えないわけにいかなかった。

暮し寸評

自画自賛

このごろ、未知のおかあさん方から、自分の子どもにどんな本を読ましたらいいか、という問いをたくさん受ける。何かの会合であえば、それを聞かれないことはほとんどないし、また孫のためにそういうことを聞いてくるおじいさん方もあって、私をほほえませる。

しかし、ほんとうは、私のように、自分でも子どもの本を訳したり、書いたりしている者に、それを聞くのはまちがいなのである。そういうことを他人に役だつように答えうるのは、もっと公平な立場で、子どもと子どもの本を観察している人たちだろう。

諸外国で、そういう立場の仕事をしているのは、児童図書館員である。図書館に自由に本を読みにくる、あらゆる階層の子どもたちと、長い年月をかけてまじわり、その間につみあげた知識から、児童図書館員たちは子どもにすすめ得ると考える本のリストをつくって、世の親たちに提供している。また、親たちに提供するまえに、図書館の中にそういう本を備えて「読みにいらっしゃい」と、子どもたちに呼びかけている。

一般市民からとりたてた税金を、こういう形で、一般市民の生活へまた還元するという、このしくみが、文化国日本ではまだ軌道にものっていない。だから、一人一人の親がべつべつに子どもに本を買い、そのたびに、書店のタナの前で迷っている。

こうして迷うおかあさんたちのまえには、彼女たちを誘うさまざまな広告があらわれる。そして、おかあさんたちは「いま、私の子どもは三歳ですが、この子が大きくなった時のために、××社の名作全集をそろえておこうかと思いますが、いかがでしょうか。あれは□□先生もすいせんしていらっしゃいます」という意味の手紙を書く気になる。

しかし、私が見るのに、日本の本の広告くらい、ふしぎなものはない。どの本も、どの全集も、最大限のことばで自画自賛している。ことに、子どもむけの全集の場合、それがひどい。監修をされる先生方の顔写真が十もならび、その方たちが責任をもってその本の内容を保証すると公表している体裁のものが多い。

しかし、じっさいに、大学の学長であったり、有名な作家、批評家であったりする忙しい先生がたが、ほんとうにその全集の内容をいちいち吟味してくださるのだろうか。それよりも、もっともっとふしぎなのは、こういう監修者の中に、時どき外国の有名な作家などが名をつらねていることである。日本語のできないソ連やアメリカの作家が、どうして日本の子どもの本の内容に責任をもつことができるのだろう。

しかし、こういう有名無実のことが、日本では、堂々まかり通っている。最近、薬の誇大広告は取締まられているそうである。目に見えない、頭の中にはいっていくものに対する誇大広告は、どういうことになるのだろう。

テレビを見る顔

最近、ある女のひとからこういう述懐を聞いた。

「先日、小学三年のオイの誕生日に招かれていきました。すると、ごはんの間も、あとも、オイはテレビに夢中で話もできないんです。それに続いて、西部劇、刑事物と、今度は一家そろってテレビの方に向いてしまったので、私は何のためにいったのかわからないまま帰ってきました」

またある日、飲むとねむ気をもよおすかぜ薬の話をしていたら、そばにいた近所の小さい子が、「ねむくなる薬あるの。あたし、欲しいわ。家のパパとママ、夜おそくまでテレビを見てて、あたしたちねむれないから」といった。

もちろんこの子も、夕方の何時間か、自分たち向けの番組をたんのうしたあとのことであっただろう。

　こういう話を耳にすることが、最近ことに多くなったように思う。一億日本人の一人一人が、目をさましている時間のかなりの部分を、テレビにささげているのだな、という現実を、ひしひしと感ずる。

　私の家にもテレビがあり、また、ひとの家にいって、その家の人といっしょに見ることもあるが、三、四年前から、私は妙なことが気になりだし、考えだすと、たいへん不安になる。

　それは、テレビのスイッチをひねり、ブラウン管に画像が動きだしたとたん、ぱっと表情が変る子ども、またはおとなが、かなりあるということである。そのひとの顔から、ぱっと何かが消えうせ、あとに、魂をだれかにあずけたような、ぽかんとした表情があらわれる。実際に、ぽかんと口をあける場合もある。それが、ながいあいだ続く。

　私の老婆心（文字通りの）が心配するのは、人がこのように、一日に何時間か我を忘れてすごす場合、ことにそれが、成長期の子どもがそうする場合、その時間がどういうふうに使われているかということは、その人にとっても、国にとっても、かなり大事な問題ではないだろうか、ということである。

　私はぜひ、心と表情の研究をしている方がた、また、脳の学問をしておられる方がたに教えていただきたいと思っている。人が、そういう顔をする場合、その興味は、その人の脳のどういう部分を多く刺激しているのか。原始的感覚をつかさどる部分か、思考する部分か。その人を前進させる部分か、引止めておく部分か。前進させるほうなら、私たちは安心してテレビに子どもをあずけておくことができる。何しろ、あれほど熱中させて前進させるなら、たいしたことではないだろうか。

しかし不安が残るのは、ニュートンも何事かを考えて我を忘れた時、普通の人から笑われるようなことをしたといわれているけれど、その時、ニュートンは、ぽかんとしていたかどうか。むしろ、自分の中の何かを見つめるように、きっとした顔をしていたろうと思われてならない。

生け垣の心

梅、桃がほころびはじめると、日本は美しくなる。

農村に住んでいたころ、くずれかけのわら屋根のそばに、空間をぽっかり染めるように、梅や桃やナシの花が咲きだすと、そのくずれかけの家までが、がぜん、生彩をはなちはじめるのには驚いた。そして、人びとはみな詩人になって「もうウグイス鳴きましたか?」と聞きあうのである。こうした天然と人工のとけこんだ風景に、私たちの祖先の心は、どのくらい養われたものであろうかと、考えさせられた。

今年も梅が咲きだしたので、これまでよくたのしませてもらったよその家の花を見ようとして、外出のついでにちょっとまわり道をして、ある道をいってみた。ところが、あたりのけしきは、おなじところと思えないかわりようであった。

ほとんどの家がブロック塀にかこまれて、白々とよそよそしい道になっていた、新築の家はもちろん、もと生け垣だったところも、ま新しいブロックとかわり、草原だった更地《さらち》には、じつにまっさらな塀だけがめぐらされ、庭をかくし、人を拒否していた。

しかし、やがて、ブロック塀がとぎれ、すきすきの生け垣があらわれて、そのおくに日あたりのいい無造作な庭。一方のすみに梅がまっ白に咲き、また少しはなれた紅梅は、ほころびかけたばかりだった。垣根のそばの、人の背よりもずっと高い、モジャモジャのボケは、全身、つぼみにおおわれていた。

三、四年前まで、日曜日の朝早くは、近所の子どもたちが誘いに来て、このあたりを歩く習慣があったが、子どもたちが、いつも通りすがりながら歓声をあげる庭であった。

「ほら、すいせんがあんなにのびた！」

「ほら、このまえつぼみだったツバキ、あんなに咲いた！」

テレビ時代の子どもが、自然の風物に無関心だというのは、うそである。いつも目ざとくこうしたこまかいちがいを見つけだして、目のわるい私に気づかせてくれるのは、子どもであった。

たてこんだ家並みをはずれ、生け垣が出てき、畑が出てき、草原がはじまると、子どもたちは目に見えて活気づき、それまで彼らをしめつけていたひもが、ぱらりぱらり、はずれていくのが感じられるように思ったものであった。

それにしても、人工的なこうした塀は、なぜこう急に、私たちの生活にはいりこんできたのであろうか。経済的だから？　そして自己を守り、同時に、あたりとの触れあいを拒否するため？

私は、そのすきすきの生け垣の住人たちが——おそらくご老人であろう——いつまでも長生きして、たくさんのものを通行人たちにふりまいてくださるようにと思いながら、そこを通りすぎた。

「さよなら」と「よろしく」

もう三十年もまえのこと、リンドバーグ夫人が「北から東洋へ」という本を出したことがあった。あの、若い時大西洋横断一番乗り飛行をした夫君のリンドバーグといっしょに、アラスカ、千島を経て、日本、中国に飛来した旅の紀行書だった。その中で、夫人は「さよなら」という日本語にふれて、これは世界で一ばん美しい別れのことばだといっていたように思う。

「さよなら」この、私たちにとってあまりにも使いなれ、ほとんど注意をはらうこともなく使っていることばは「さようならば、お別れします」「さようならねばならないなら、お別れしましょう」の意味で、おしつけがましくもなく、いいたりなくもなく、しかも別れの気持がいっぱいつまったことばだと、夫人はいうのである。

私は、この外国人の書いた本によって、自分の手の内の宝にはっと気づかされ、あらためてしげしげと見なおしたという思いがした。そして、そのひびきといい、簡潔さといい、やさしさといい、何というういいことばだろうと思った。そして、これが正真正銘、私たち日本人がつくったことばで、日本人の中にこのようなことばをつくる力があるのだということを考えて、たいへんうれしかった。

それからずいぶんの時がたつ。物を書いて暮すようになり、ことに、子どもたちに本を読んでやるようなことをはじめてみると、日本語には「さよなら」のようなことばばかりでなく、じつにあいまいな、何をいっているのかわからないようなことばが、たくさんあるのだなあと感じさせられる。朝にできて、夕に消える、まだ内容もきまっていないことばも多いけれど、そうでなく、長く使われて——私たちの生命よりも長く使われながら、聞く者、読む者に何を考えたらいいか、迷わせることばがある。私にとっては、そういうことばの一つが「よろしく」である。

時どき「私は児童文学について卒業論文を書くことにしました。何もわかりませんので、どうぞよろしく」というような手紙がくる。これは、こちらに何を要求しているのだろうか。参考書をそろえろというのだろうか。その人に代って論文を書けというのだろうか。自分でもよくわからないから、察してくれというのだろうか。

ある時、あまりこのことばの意味がひろく、つかみどころがないので、「広辞苑」をひいてみた。「あいさつのことば」とあった。しかし、これは人と別れる時「だれだれによろしくお伝えください」の意味で使うのであろう。実際には「よろしく」はもっと身勝手に、ずるく使われている。ここのところ、私たちの身辺に朝から晩まで聞えてくるように。

「ご町内のみなさま、○○党の×××がごあいさつにまいりました。××、××でございます。来たる十五日には、この××を、よろしく、よろしくおねがいいたします」

これはじつにおかしい、まちがった「よろしく」の使い方ではないだろうか。選挙をして、私たちの生活を「よろしくたのむ」のは、私たちなのだから。

きのうきょう

先生は、どこにでも

最近、仕事のつごうで、アラスカのエスキモーについての本を、二、三さつ読んだ。そして、エスキモーの生活、ものの考え方について、たいへん興味をもたされたが、とくに、いまの私をおどろかしたのは、エスキモーは、けっして寒さにたえて生きてはいない――つまり、かれらは、寒くないようにしてくらしている、ということだった。

*

かれらのイグルー（土の家）の断面図を見ると、夏は直接、表から家にはいるが、冬はべつの、あけはなしの地下道を通ってはいるようになっている。イグルーの屋根には、あかり窓と換気口があって、このあなをあけただけ、地下道の空気が部屋にはいってくる。二家族がすめるくらいのイグルーでは、クジラの油をもすランプを三つともせば、あかりと、子どもがすはだかで遊べるくらいの（外は零下《れいか》何十度というところでも！）温度が保てる。

冷たい空気は、暖かい空気よりも重いということを利用して、これほどみごとに冬を克服している例が、ほかにあるのだろうか。

＊

東北のある友人から、北陸、信越地方の雪害について、「日本はたいへんな国ですね」と書いてきた。豪雪には見まわれなかったその友人の近所でも、燃料が心ぼそく、夕食後は寝るよりほかない農家も多いということだった。

西欧からばかりでなく、エスキモーからも学ぶことがたくさんありそうに、私には思われた。

もうけもの

ことしは、インフルエンザが流行しないときいて、安心して、予防注射をおこたった。しかし、三晩つづけて夜の会合に出席し、かなりの満員電車にゆられてかえるというようなことがあり、最後の晩には、さすがにつかれて、ことによったら、こんなときにと考えた。その予感が、魔法のように的中して、二日して熱をだした。

数日ちっきょして、天井にむけていた視線を、ある晴れた朝、横にむけなおした。するると、ねるまえに冬だった外のけしきが、春にかわっていた。何がかわったら、こう、冬でなく、春だという感じをひとにあたえるのか、私は、半分放心したまま、目をこらした。

＊

ねていた時から、朝のスズメの声が、きゅうにうるおいをおび、はずんできたのはわかっていた。が、いま庭を見ると、なじみのスズメ一家は、ねるまえの二倍くらいの大きさにふくらんだ感じで、とびまわっていた。かれた芝生には、雑草が、ボッボツとみどりの芽をだしていた。ツルバラの葉っぱは、樹液がたっぷり流れだしたように分厚に光っていた。ニレザクラの芽先は、プップツふくらんでいた。

けれども、こういうこと一つ一つだけでなく、これらをてらす光そのものに変化があり、何かおさえることのできない力がおしよせてきたという感じであった。

＊

かぜは、自分の不注意を思い知らされて、いやな経験だったが、きょうこのごろにぶくなっている季節感を、ふいによびさまされたのは、とんだ収穫という気もするのである。

こちらの事情

朝夕、だいたいきまった時間に、犬を散歩につれていく。何かのつごうで、この時間表がくるうと、犬は、そわそわと家のなかをのぞきこむ。

おまえを飼うことにした、という意思を表明したとき、私たちは、その犬に、餓えない程度の食物と、ヒステリーを防止する程度の外歩きを約束するのだと、私は思う。

＊

三年前、ある人に、いまの犬をもらったとき、私は生後三カ月の大きさに、ついうかうかと目測を誤《あやま》った。それが、もくもく、大きくなって、いまでは超特大型の大犬である。最初は、けっこう、いっしょにかけ歩いたが、むこうは育ちざかり、こちらは老いざかり。たちまちおいてきぼりをくって、散歩のかえりは、はあはあというていたらくである。

＊

ところが、よくしたもので、最近、きまった原っぱにいくと、自由犬が二ひき、とびだしてきて、くんずほぐれつ、家の犬の相手になってくれる。そして、どの犬も十分満足して、私たちは、和気あいあい、もどってくる。

木戸のところまでくると、私は、家の犬だけなかに入れ、自由犬には、「おまえたちは、あっち！」と、こわい声でいう。そのときの犬たちのふしぎそうな顔。信頼できない、二重人格の女が、かれらの目にはうつっているのだろう。草花の芽がでた、ふみにじられてはたまらない、というこちらの事情など、こういうヒョウ変の理由にはなってくれないだろう、と、私は、その犬たちのびっくりした顔を見るたびに考える。

グッド・デザイン

一週間のあいだに、私のつくえの上には、雑多なものが山もりになる。それを整理して、なるべく必要なものだけをのこし、ともかく、見られるようにするのが、日曜の朝の私の仕事である。

大掃除のあと、いつもつくえにのこるものの筆頭がインクびんで、インクのたっぷりはいったびんが、そばにひかえていると、仲のよい友だちがいてくれるように、気もちがいい。

＊

私は、何ごとにしろ、あまり相手をかえないたちで、インクも長年、おなじのを使っていた。が、二、三年まえに、べつの会社のにかえたというのは、使いなれた会社が、びんをかえたからである。びんの形が気にいらなかったのではない。それどころか、びんは、グッド・デザイン式にぐっとスマートになった。ところが、そのびんになってから、何かの拍子に、二、三度つづけて、インクをこぼした。いまから思えば、やぼったいかもしれない丸型のびんのときには、ほとんどおこらなかったことである。

ふしぎになって、よくよくながめると、ゴツッとした角型のびんは、横幅にくらべて、丈がみじかく、口が大きい。ちょっとゆれると、インクがとびだす。

＊

びんを改良(?)したがわでは、形の点だけでなく、容積や輸送のことも考えたのだろうが、一ばんだいじな使用者のことを考慮したろうか。このごろは、インクもいいのがたくさんできた。つぎにインクを買ったとき、私は長年のなじみとわかれて、べつのを選んだ。

春の仕事

今年は、一週間はおくれると見当をつけていたさくらが、二、三日、あたたかい日がつづいたら、一斉にひらきはじめ、東京・荻窪の私の家付近では、七日には満開近かった。

＊

私は、せかせられるように、のばしにのばしていた仕事にとりかかった。外国から十五、六種の草花の種子をもらっていたのである。それがどういうわけか、小包がおくれ、去年のものが今年とどいた。だから、どうしてもこの春には、まかねばならない。といっても、私の家の庭だけでは、広さにかぎりがあるし、すでにほかのものも植わっている。たん念な友だちが、どの種子も、五等分くらいにして、友人間に分けてくれた。そして、ほかの人は、もうまいたという。私だけが、種子への義理をすましていないのである。

＊

朝、窓をあけ、木だちのあいだのさくらが、ぱっと目にはいった日、私は、家じゅうの小器物——おちょこ大の——を招集した。そして、その各々へ種子を入れ、水をそそいだ。それから、その器へラベルをつけたのだが、横文字でも、アスターとか、コーンフラワーとかあれば、問題はないが、Arthropodium Cirratum などと出てくると、ラテン語のついた植物辞典から、英和から、家庭園芸双書というのまで、もちださなければならない。一時間半ばかり、四、五冊の本と格闘したら、頭のなかがねじれたようになってしまった。

しかし、わからないのは、わからないまま、ラベルをつけ終え、たなにならべたら、借金を半分返したくらい、ほっとした。

南と北

ひさしぶりに昼の特急にのって、東京から約八時間北上した。時間は確実にすぎてゆくのに、目をあげてみるたびに、汽車の窓の外の季節は、逆に若がえっていた。

関東平野を横ぎるあいだは、びっしりの若葉で、田のなかでは、どろんこのすき返しがはじまっていた。平をすぎると、プチプチと芽ぶいたばかりの幹のあいだは、すきすきになり、あちこちに山ザクラが、さわやかにさいていた。仙台近くになると、夕やみのなかに、白粉とうすべにをはいたように、ナシ畑と桃畑がうかび、夜、目的地についたときには、畑のふちのラッパズイセンとジンチョウゲがさかりだった。

＊

けれど、逆行は季節だけのことではなく、ひとびとと話しているうち、私は、過去にもどった感じをもたされた。ここにはコンクリートのかわりにどろがあり、子どもはカタクリの花をつんできてあそび、おとなは、物の価値を米一升《しょう》とくらべてきめる。そして、家々では、夜になっても、カギをしめない。カギは、ないからだ。

＊

都会から、いきなりやってくると、とまどうことばかり多いのだが、ひと晩、日にやけた人たちと話したあと、テキメンの結果としてあらわれるのが、心のひもがとけたという感じである。どうしてこの人たちがおくれているといえるだろう、この人たちと私と、どっちが本然《ほんねん》の人間に近いのだろう、少なくとも、この人たちのところまでもどって、出なおすべきではないだろうか、などの疑問がでて、例によって、私はわからなくなる。

美しい老年

先日、あるいなか町を通りかかったついでに、ここ二、三年、思いだしては会いたいと思っていた七十の老婦人、Cおばあさんをたずねた。

＊

この人にはじめて会ったのは、五年まえ。古くから伝えられた昔話のできる人があったら、紹介してくれるよう、友人にたのんでおいたら、いく人かのおばあさんをよんでおいてくれたのであった。その時聞いた話のなかで、Cおばあさんのが、ぴか一だった。話のすじが整とんされているばかりか、語り口がじつにおちついていて、しかも軽妙だった。

二年ほどして、また聞きたくなって、友人の家によんでもらったら、これは、自分が聞きおぼえたのではなく、孫の雑誌に出ていたのを、自分流に語るのだがといって、「つるの恩がえし」をやってくれた。その時の録音を、東京にもどってから、雑誌に出ていたのとくらべたら、Cおばあさんの方が、段ちがいにりっぱだった。

＊

三度目に聞きたいと思って、つごうを聞いてやったら、「タネナシ」という返電がきた。私たちは、ひっくり返って笑うと同時に、このおばあさん、よほどの人物であることを思い知らされた。

バスを降りると、すぐそばの魚屋さんが、Cおばあさんの家だった。うなぎのねどこのように長い家で、荷物の箱にかこまれて、おばあさんはくらしていた。八十八の大ばあさん、息子さん夫婦、孫たち、という四代合同の生活の場で、相もかわらずゆったりと迫らないおばあさんを見たとき、このひとのえらさが身にしみた。

イチゴ

丼《どんぶり》いっぱいというとき、ほかの人たちは、何をそのなかに入れることを考えるだろうか。私にとって、一ばん魅力のある丼いっぱいは、イチゴである。

＊

二十数年まえ、なかのよい友人が病気になった。家にばかりいるそのひとに、世間話やおもしろい新聞記事の切りぬきなどを運んでゆくのが、私のやくめであった。ある時、ある新聞に、与謝野《よさの》晶子さんが、地方にすむ友人に招かれてゆき、まい朝、大きなボールにいっぱい、もぎたてのイチゴをたべたことを随筆に書いておられた。

北支事変のひろがりかけていたころで、この記事は、食欲の問題とはべつに、しずかな、よい国からの便りのように思われた。私の友だちは、歓声をあげて、この記事をむさぼり読み、私たちは、本気で、もし友だちがよくなったら、百姓生活をしようと語りあった。けれど、戦争はひどくなり、友だちは死んだ。

＊

戦後、私は、農業をするべつの友人にたのんで、イチゴをつくってもらった。それから毎年、初夏になると、丼いっぱいのイチゴの便りがくるが、いつも仕事で出かけられない。今年こそは、と、先日、まず汽車の切符を買ってしまったら、「高いイチゴにつく」といわれたけれど、ほんとにそうだろうか。

きのうもきょうも、私はもぎたての、天来の甘味と香りを失わないイチゴを、丼に二、三ばいたべている。本物の味が、私にはありがたいのである。

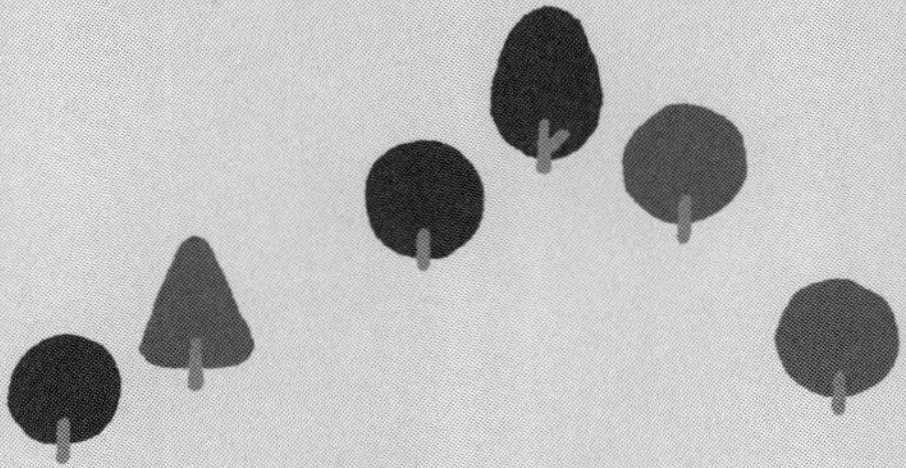

三月の花

私の家には、七十坪ほどの庭がある。いまどき、東京の住宅地で、七十坪の庭とは、ぜいたくな、といわれそうだが、まことにありがたいことに、私の庭の上を、ななめに高圧線が走っている。高圧線の下は、あの電線から、垂直につなをおろして、その外がわ、何メートル以内には、建物を建ててはいけないという規則ができているのである。

さて、この七十坪の庭のおかげで日があたりさえすれば、私の家は、冬でも温室のようにあたたかくなる。雪の下からノビルが萌えだして、春の近いことを知らしてくれる。ことにあたたかかったことしの冬は、お正月にスイセンとボケが咲きだして、私たちは大よろこびしたが、思いがけない大雪がきて、スイセンの花は凍り、葉は、半分枯れたように、だらりとたれてしまった。

三月、雑木林のようなこの庭は目ざましくかざりはじめる。といっても、べつに、はでばでしい花が咲くわけでもないが、この庭をつくった私の友だちが、好きで植えた野の花や草や木が、つぎつぎに目をさましはじめるさまが、私にとっては、目ざましく思えるのである。

冬のあいだから、葉のあいだに、白い袋をかぶって、頭をだしていたシュンランのつぼみが、袋をやぶって、うすみどりにむらさきの絵の具をちょっとさしたようなくちびるをひらきはじめる。

クリスマスローズという、よく北欧のお話に出てくる花も、カシャカシャのかたい葉のあいだにあまり葉とかわらないようなむらさきの花をつける。

少しまえまでは、カタクリがあった。赤みのかかったむらさきのうつむいてつばさをひろげているようなカタクリは、おとなりの人といっしょに、いつも待ちわびた花だったけれど、東京の気候にあわないせいか、毎年へって、とうとう去年あたりから、葉っぱも出なくなった。

こういう花はみな野草で、地を這い、日のあたる場所で、雨をうけるだけで、たいして人のやっかいにもならず、人の目をひこうとせず、じぶんひとりで、しずかに咲きだすという感じである。だからこちらの気もらくだ。

私は、冬のあいだ、ときどき、葉のあいだを分けて、つぼみのあるなしをのぞきこんで、まだ咲きませんか、と、さいそくするが、あまりこちらでさわいだり、りっぱな鉢に植えたりしては、花をまごつかせるような気がするので、それはさしひかえている。

もうじき白とピンクのボケが満開になり、レンギョウが咲き、ミズキが咲きだすと、空気まで、ピンクと黄にそまったようにあかるくなり、この庭も、すこしにぎやかになる。が、まだ、四月、五月の花々のはなやかさはない。

けれども、この三月のつつましい花たちが、私には、一ばんぴったりする。三月に生まれたからかもしれない。また、三月に母が死んだからかもしれない。

母の死後、二、三日して、友人が箱に入れておくってくれたワビスケの白い花びらが、どんなに目にしみついたか、いまでも、私は忘れられない。

どうやら、私は、一年のうちで早春が一ばんすきな季節らしいと、このごろになって気がついた。

キントキイモ

私は、埼玉県浦和の生まれだが、埼玉県のことは、はずかしいくらい少ししか知らない。といってもそれは私がハイカラずきということではなく、浦和が県の中央にはなく、学校も仕事も、東京に求める方が楽だったからという事情によるようだ。

そこで、私のふるさとに関する思い出は、浦和近辺にだけまつわってしまうわけだが、いまでもきょうだいが幼時を語りあうとき、よくでてくるたべものは、おサツ（サツマイモ）である。それも農林一号とか（こんな品種は、もう時代おくれなのかな？　とにかく、戦争ごろは、これが増産に向くのだといって、奨励された）いうものではなく、キントキイモである。

庭で落ち葉を焼くときなど、たき火のあとへ五、六本、ほうりこんでおき、ときどき棒でさぐってみる。そして、ほどよく焼けたという手ごたえになったとき、とりだして、皮をむくと、なかからあらわれるのは、ようかんのようなのっぺりしたものではなく、真っ黄色い、ほろっとくずれる、細い棒状の「み」である。これが、キントキイモである。

このごろは、ああいうサツマイモに、なかなかめぐりあわなくなった。大味でも、なんでも大量にでき、アルコールの原料になるようなのがいいらしい。

春になると、田んぼのレンゲソウをつみながら、太田窪《だいたくぼ》へ、ほんとの川魚をたべに行ったが、レンゲの田んぼもなくなれば、私もうなぎを厳禁されてしまったとは、なさけない。

レモネード

いまから三十年前、ひと夏御殿場《ごてんば》でアメリカ人の家族に住みこんで、いまいえばアルバイトをしたことがあった。その時おぼえたレモネードのつくり方を、私は、それ以来、夏ごとに——といっても戦争中をのぞき——ひとに教えている。お料理のできない私が、手もなく教えられるくらいやさしいものである。

レモンを、レモンティーの時使うくらいの厚さの輪切りにする。五人分で三個くらいのわりあい。それを大きめのボールに入れ、お砂糖大さじ山もり二はいくらいを加え、コップの底ですりつぶす。（二、三十年の昔は、底の平らな安コップがたくさんあったような気がするのに、このごろは、しゃれた、底のまわりだけ出っぱって、まん中のへこんだのが多くなってこまっている。要は、あまり大きくない、平らな、角のついていないもので、砂糖をぐりぐりつぶし、それといっしょに、レモンの実の部分からおつゆをだすということ。金物でないほうがいい）あとは、水を入れ、よくかきまわし、氷を入れる。この分量で一人あて大カップ二はいくらい飲める。（冷蔵庫

に入れる時は、レモンの輪をとり出しておいた方が、苦味が出なくてよい）

レモンが安くなって、これがかなりふんだんにのめることが、このごろの夏のすくいになっている。お客さんは、「これ何ですか？」と聞くし、あるアメリカ人は、三人分つくっておいたのを、一人でのんでしまった。

シユコオクレ

ある地方の小さい町に住んでいるKさんの兄さんが、親類の子供をあずかって親がわりに育てていた。その子が農学校の試験に合格した。兄さんは喜びの余りその子の親にあてて「クリノゴ　カクシユコオクレ」と電報を打ったというのである。

その電報をみた親ごさんの方ではびっくりした。さっそくどういう意味かと問い合せた結果「栗農（栗原農学校）合格酒肴《しゆこう》送れ」ということだとわかった。

それ以来、私たちの間では、「合格で本当におめでとう」というとき「シユコオクレ」ということになってしまった。

ときのたつのは早いもので、ついこの間まで小学校へいっていたように思えるKさんの一人娘が、こんど高等学校を卒業ということになり、東京へ試験を受けに来た。二つの大学の試験をすませると、この娘は高等学校の卒業式が迫っているので、すぐに帰っていった。

合格者発表の日、私はかわりに発表を見にいった。私は、じつに久しぶりに胸がドキドキした。まわりにひしめいている真剣な顔つきの若者たちの気持がこちらまでのりうつったということもあったろうし、遠い町で苦労して育てた娘の試験の首尾を、いたり立ったりして案じている友達と、その娘の顔が心に浮かんだからということもあったろう。

校舎の入口前に、机が二ツ三ツならんでいる。はり紙をみると、それは電報を受け付ける旨《むね》が書いてあったので、私は頼信紙をもらい、人のいない所へいって、「ゴカクシユコオクレ」と書きつけた。遠くにいる二人のことを考えると、ほかのことは書く気がしなかった、しばらく待っていると、白い紙を持った人がはり紙を出しはじめた。2、10、18、22、というようにポツポツ大きなあながあいている。「あ、だめだ！」「あら、ないわ！」という声があちこちで聞えだした。私の待っている番号は八一〇だった。

四枚目の紙がはり出された瞬間八一〇がパッと目の中にとびこんできた。私は、電報受付所へとんでいった。けれども打たずにまたかけもどって番号をたしかめ、それからまた受付所へいって、こんどは本式に手ににぎりしめていた頼信紙を係の人に渡した。「シユコでいいんですね」と係の人は念をおしたが、私は「ええ、シユコです、シユコです！」と答えた。

それからまた二三日して、私はまた「モヒトツシユコオクレ」と電報を打った。受けとった人からは、涙をこぼすやら、お線香をあげるやら、まるでお葬式のようだったという返事がきた。

母のお雑煮

英米の笑話に「お母さんのパイ」ということばが、でてくる。新婚の夫が、妻のお料理が口にあわず、「お母さんのつくったパイはうまかった」とやって、夫婦げんかになるような話に使われている。

日本の場合、「母親のつくったお雑煮《ぞうに》」は、これに似ているかも知れないと、私は時どき考える。お正月ごろ、友人の家を訪ねて、多少とも、「お母さんのパイ」式の光景にぶつかることがあるから。

子ども時代に味わったお雑煮の風味は、むかしのたのしかったお正月の雰囲気と密着して、いまの日本のおとなには忘れがたいものらしい。私も、かなり大きくなるまで、東京近くの、野菜の具の多いお雑煮を唯一のものと思っていたら、友人の家や地方へいった時、さまざまなお雑煮にめぐりあってそれが、またそれぞれにおいしいのにおどろいた。

山口に生まれた友人の家のお雑煮は、あっさり澄んだお汁に、丸くまるめたおモチが一つ、それに青みの野菜が、おしるしに、ふわっと浮いているだけだった。雲のない空に浮かんだ月のようなさわやかさだった。

東北へいった時、大根の千六本に、ゴボウ、人参《にんじん》も千六本にして、少量加え、これのおすましに、つきたてのおモチをちぎりこんで、たべさせられた時は、こういうお雑煮もあるのかとびっくりした。が、終戦直後だったせいか、この世のものと思えないほどおいしかった。

しかし、お正月近くなって、いつも鼻先まで匂って思いだされるのは、やはり、母のつくってくれた、みそのたれの煮汁と八《や》つ頭《がしら》のお雑煮である。大根、人参、ゴボウも大切れのがはいっていた。銅の大鍋に、湯がいておいた野菜を入れて、さっと熱し、おモチも、焼いてとんがった角が、柔くならない、生きのいいうちにたべるのである。

いまも姉たちと会うと、「いつかあの通りのをつくってたべてみようね」と話しあう。

犬 ねこ 子ども

家には、犬とねこが一ぴきずついる。「たった一ぴきずつ？」と、よくきかれる。まえに私が、ころがりこんでくる犬ねこを、みな拾いあげるおくさんの話を書いたことがあるので、それを私の体験と思いちがえているのだ。

ところが、一ぴきずつでも、けっこう、こちらの生活に制約をうける。

たとえば、ねこがいれば、ねずみが出てこないかわりには、家のねこは、夜なかに私をゆりおこして、お皿のごはんがなくなったことを注意する。また、犬は夜番をしてくれるかわりには、人間は、犬を散歩につれだすために朝おきるのだと考えているような顔をする。そこで、それぞれの要求に、ある程度こたえているうちに、私たち一家の生活には、やはりあるきまりのようなものができてきた。

まず朝七時四十五分になると、近所の子どもが、三、四人、学校へゆきながら、私たちをさそいにくる。私の家では、それまでに食事をすまして、だれかひとり、犬をつれて、その子どもたちを学校まで送ってゆく。そのるすをねらって、犬とは敵同士のねこが、庭に出て、大小の用をたす。また午後になると、たいてい四時に、子どもたちのだれかが、「デュークちゃん」と、犬をさそいにくる。今度は、近くの松のはえている丘にゆく。

これが、一週間のうち、六日間のきまりだが、日曜日は、これとちょっとちがう。日曜は、おとなにとっては、寝坊の日かもしれないが、子どもは、お父さんたちをねかしておいて、七時になると、もうやってくる。それから、私たちは、ジャム・パンをもったりして、すこし遠い原っぱにゆく。この遠出の散歩は、犬も大喜びだが、子どもにとっても特別のたのしみだ。子どもたちは、緑のもえだすのを「きれいだなあ!」と口ぐちにさけんで観賞し、先日などは、セリを八百屋さんに売るほどつんでかえって、寝坊のお父さんお母さんをびっくりさせた。

カンナはとぐもの

私の家にカツブシけずりが一つあります。あの、木の箱にカンナのはまっている、昔ふうのやつですが、家のなかの道具としては、かなりちょいちょい使われて、毎日、時をきらず、カチャカチャと音をたてています。家にねこがいるからです。

このねこは、宿なしだったのを救われたせいか、むしょうに飼い主をたより、その結果、甘やかされてしまいました。いまでは、昔の身分は忘れはて、たべ物にたいするやかましさといったらありません。気にいらないおかずなら、「鼻もひっかけない」というのは、こういう態度なのだろうというようすをします。

彼女のからだに、去年の夏、ひどいシッシンができました。あまりかゆいところは、しょっちゅうなめるので、赤ハダカになりました。お医者の診断では、「偏食によるシッシン」、野菜（ホウレン草のようなもの）をたべさせなさいということでした。しかし、残念ながら、ホウレン草は、彼女の鼻もひっかけないものの類にはいっていました。

西洋では、お米も野菜です。そこで、私は、ごはんつぶからカツブシがはなれないくらい、カツブシの粉をしっかりごはんにまぶす方法をとりました。幸い、ねこは、カツブシがすきでしたから、これなら、ごはんものみこみました。

ところが、このカツブシけずりが、ぐあいがわるいときていました。私は、ねこにごはんをせがまれるたびに、カツブシけずりで浪費する私の時間を惜しみました。あげくのはては、このごろのカツブシは、どいつもこいつも、なまがわきで、カンナの上でおどるばかりだと、心中、カツブシの悪口まで言いました。

そして、先日、やっと、そのカンナを、何年ぶりかでといでみようと思いついたのです。用事のため、外出する途中、私は、その古びた、みっともないカンナを雑誌の袋につつんだまま、とぎ屋の店先に大いそぎでおいてきました。用事をすまして、帰りに寄ると、「とぎ賃、八十円」ということです。私は、ちょっとびっくりしました。八十円なら、新しいカツブシけずりが買えそうな気がしたのです。

それから、家までもどる途中、私は、とぎ屋さんが、どこかのりっぱなカンナと家のをまちがえたんだと思いました。手さげのなかのぼろぼろの紙袋からカンナをだしてみると、はたして、木はまっ白。刃は、つやつやとま新しく、キズだらけの家のカンナではありません。第一、家のより、一倍半は大きいようです。これは、また明日、取りかえにいかなくちゃ、と思いながら、家に帰りました。

ところが、そのカンナは、家のカツブシけずりに、ピタリとはまりました。そして、なまがわきのはずだったカツブシは、きぬずれのような音をたてて底におち、ねこも私も、一日に何度もカンシャクをおこさないですむようになりました。

三つのアルコール・ランプ

私の家の台所にアルコール・ランプが三つならんでいる。コレクションをしているのではない。できるなら、一つにとめたいところを、三つならんでしまったのである。

これは、三つとも吸入器用のランプで、八月号の雑誌にかぜや吸入器の話でもあるまいという気もするのだけれど、正直のところ、六月十六日現在、私はお正月以来のせきに悩まされている。ここ数カ月、生活はむやみにあわただしく、こじらせぬいた気管支炎は、胸のおくふかく入りこんでしまったらしい。五月になっても、部屋にひとりいるはずなのに、みょうな音がするので、おや、だれか？　と見まわすと、私の胸が、ヒュウヒュウと歌っていたりするしまつがつづいた。

冗談でないぞという気がして、レントゲンをとってもらったら、何事もないという。よし、それならば、自分でしまつしようと、私は、七、八年前に使った吸入器を取出した。

よく洗ってしまったとみえ、昨日買ったようにピカピカして、ぐあいもよかった。

しかし、十日ほど使ううち、お湯を入れるお釜のわきの空気ぬきの穴から、赤い炎がふきだしてくるのに気がついた。横からのぞくと、ランプの片面が炎に包まれていた。いそいでお盆ごと外にもちだし、アルコールの燃えつきるのを待った。

近くの銅壺屋《どうこや》さんへもっていって、ランプの底がもりだしたから、ハンダでつけてくれというと、若い衆が「お宅は、家のお得意さんかね。お得意以外の修理物はしませんよ」というので、お得意のような顔をして、ともかく、ランプをおいてきた。よく日、とりにゆくと、「このランプ、もってないよ」ということで、私は赤面した。しかし、家にかえって、水を入れて、二、三時間おいてみると、ランプはちゃんと、もっていた。

しかし、お得意顔も二度はできない。私は、今度はまちがいなくお得意である薬屋にいって、新品を買うことにした。すると、このランプは、火を消す時、芯の上におくふたが独立していないで、取手にくっついていて、パタンと折返して芯の上におとすという式のものだった。ランプにも進歩があるのだな、これなら、ふたのなくなる心配はないと、喜んで使いだしたところ、このふた、火を消そうとしてバタンとやっても、けっして芯の真上におちたことがない。頭の横っちょにのっけたベレーのようなかぶさり方をするので、私は、あわててなおそうとして火傷した。

薬屋のおじさんは、わけを話すと、しんせつに一度使ったものを引取り、ふたの独立しているのを取寄せてくれた。

ところが、これは、火をつけたとたんから、ぐあいの悪いことが判明した。アルコールの注ぎ口である芯のまわりのすきまから、ボウボウ炎があがる。ふたをぎゅっとおしつけたら、ふたのまわりにも、めらめら炎がはう。

よく見ると、アルコールの注ぎ口もふたも金属の板をきんちゃくのように丸くおしまげたもので、そのしわの間から、気化したアルコールがいくらでも出てくるのであった。危険なものを売るものだと思ったが、二度も取りかえにいったら、ノイローゼと思われそうなので、やめた。

私が、いま使っているのは、親類の家の戸棚からさがしだした、まっ黒にすすけた時代物である。ふたがどこかにいってしまっていたので、第一号のをとって、これにかぶせた。それにしても、私は、この開けた日本で、アルコール・ランプ一つでも、「これでいい」というのを探すのは、たいへんなことなのを知って驚いた。

広辞苑

「広辞苑」という辞書には、私は、たいへんごやっかいになっている。いま、手もとにおいて使っているのは、三冊めである。ということは、昭和十年に博文館で出た「辞苑」で、二冊使い、昭和三十年に岩波書店から「広辞苑」となって出たときに、すぐ三冊めを買ったというわけである。

私は、あまり綿密なたちでないから、「辞苑」が、「広辞苑」になって、内容がどうかわったか、くらべたことはないけれど、おそらく、内容がぐっと豊富になったろうことは、辞書の形が大きくなり、重さがぐんと重くなったことで、一ぺんにわかってしまった。腕力のつよくない私は、時によると、一日に何度もごやっかいになるこの辞書を、手もとのたなからいそいでとりだしながら、よく、どかん！　と、床にとり落とす。そしてあわててひろいあげながら、本をこわしてしまわなかったかしらと、なでまわすのである。しょっちゅうお世話になる、二千三百円もする本を、また買うことになってはたいへんだからである。

では、私が、どんなことで、「広辞苑」をひくかといえば、その理由は、まったく雑多である。まず漢字を忘れたとき。それから、ふだん何気なく使っていることばが、正確には、どんな意味か、気になったとき。花や、動物や、鳥について知りたいとき。(たとえば、私は、先日ふいに、小さいとき、私の家の庭に美男カズラというつるをだす木があり、母がその葉をせんじて髪油の代用にしていたことを思いだし、この辞典に相談したところ、すぐその木の性質を説明してくれた。)

こうして、大ざっぱにいうと、自分の頭のなかの内容に、正確を期したいとき、私は、何ごとによらず、気やすく「広辞苑」に聞いてみるといっていいだろう。すこし専門的なことになれば、百科辞典やそれぞれの専門書をしらべることになるが、たいていの場合、「広辞苑」は、かなり満足に私の問に答えてくれる。

いま、二千三百円で高い本といったが、こう考えてくると、私は、この二十何年か、じつにやすい、ありがたい先生兼相談相手を、手ぢかにもっていたといっていいだろう。

カレンダーさがし

毎年、十月の終わりともなると、私の心の片隅が何となく忙しくなる。年が改まると同時に我が家のあちこちにかけてあるカレンダーを新しいのに掛けかえなければならない。客間兼居間兼食堂といった万能部屋に一つ、書斎（というほどのこともない書き物部屋）に一つ、寝室（これも名前が大げさ）に一つ、台所に一つ、トイレに一つ。こう数えてくると、五つのカレンダーが必要になる。そして、それらは掛けたり、貼ったりする壁面のスペースがみな違うから、どんなのでも間に合うというわけにいかない。

私にとってカレンダーは、目立ったり、特に美しかったりする必要はない。ただ小さい家の小さい部屋が、みな使い方がちがうから、カレンダーもそれぞれに機能的であってもらいたいのである。

五種類のカレンダーのうち、特にどんなのにしようと前から決めているのは二つ。その一つは、寝室の壁に掛けるもので、縦40センチ、横35センチくらいの紙面に大きな字で、月と曜日だけが刷られているだけで、あとは何のお飾りもない方がいい。（実をいうと、紙の隅にごく小さく、どこかの大きな会社の名前が刷りこんであるけれど、私はそれは気にしない。どうせ私の目には見えないから。）

これは、毎朝寝ぼけ眼《まなこ》で目をさまし、斜め横の壁を見あげて、そのカレンダーの上のある文字をさがし、「これから、お前が起きだして、身をおくのは、こういう月のこの日だぞ」ということを、私に言って聞かせるためのものである。こういう文字だけのカレンダーをさがしていた十数年前のこと、若い友人が、そのことを聞き知って、それからの毎年、暮れになると送ってくださる。

五種のカレンダーのうち、これだけはどうしても年内に求めておかなければならないぞと気をつけているのは、客間兼居間にさげる、縦40センチ、横20センチ足らずの、細長いものである。上部1／2のスペースには、深沢紅子《こうこ》先生描く四季の花々が刷られているが、その月毎《ごと》に変わる花々からは、私が何よりも欲しいと願う「静かな時間」が流れてくると思えるような風情のものなのである。暦の下半分には、こちらのスケジュールがかきこめるくらいの余裕を残して、数字が並んでいる。

もうこの紅子先生の描かれた絵で飾られた「静かな」カレンダーを居間におくようになってから二十年近いのではあるまいか。私は、よくこのカレンダーを見て、「あら、私も欲しい」という人がいるので、暮れには、十部くらい、注文しておくのである。今年は、足りなくなって、盛岡の野の花美術館からまた送っていただいた。

リボンとボタン

人間は、利害に関係があると、頭をよく働かせるとみえて、私も、四年ばかり前の外国旅行の折は、たいへん物の整理、時間の使い方がうまくなりました。

物の整理の場合でいえば、大きな荷物をもって歩くと、テキ面にお金がかかるのです。自分でさげられるくらいの荷物なら、バスでいけるところも、タクシーに乗らなければならないし、赤帽もたのまなければなりません。財布にある、きまっただけのお金で、できるだけ方々歩き、できるだけのものを見たいと思えば、そこに、おのずから工夫がうまれてきます。

太平洋を渡って、サンフランシスコについたとたんに、私は、ホテルで、荷物を半分ずつに分け、半分は、また日本へ送りかえしてしまいました。タクシー代やポーターのチップでみるみるうちに、財布の内容がへってしまうからです。それでも、あちこち歩きまわるには、まだ大きすぎます。それに、途中で手に入れるものがあります。泊りを重ねるたびに、私は、郵便局へ足をはこびました。郵送料もかかるには、かかりますが、一回の郵送料は、たいてい一度のタクシー代ぐらいですみます。

旅行してみてわかったことは、ナイロン製品というものが、いかに便利かということでした。ことに、女の場合には、とつけくわえるべきかもしれません。第一が軽いし、洗たくをすれば、二、三時でかわくし、アイロンをかける必要がないという、どの条件をとってみても、いそがしい旅行者には、ありがたいことばかりでした。

私は、サンフランシスコで、日本からもっていったものを送り返すと同時に、ナイロンのスリップを二つ買いました。これを毎日とりかえて着て、とうとう一年あまりの旅行じゅうをすごしました。そのあいだ、一度も針をだして、修理したことはありませんし、四年後のいまも、この下着類は、すこしばかり古びたとはいえ健在です。それまでナイロン製品は、ペカペカしていていやだと思って、使ったことがなかった私ですが、これに味をしめて、それからは、ブラウスもナイロン、部屋着もナイロンということになりました。というのは、アメリカやイギリスの店には、日本で売っているような、すきとおったナイロンだけでなくすけない厚地のものや、ふつうの木綿のプリントのように見えるものが、たくさん出ていたからです。しかも、私が買ったのは、けっして高級品ではありませんでした。

いま考えると、おかしいようですが、そのころ、私が衣類を買う時の合いことばは、「これは、洗濯《ワッシュ》できますか？」「アイロンかけはいりませんか？」でした。

洗濯と言っても、ふつうワッシュといっているのは、シャボンでごしごしやってしまうことで、けっして、ドライ・クリーニングではありません。たとえ、その品物は安くても、いちいち、ドライ・クリーニングをしなければならない化学製品や絹類は着ていて、たいへん高くつくので、それにも注意しなければなりませんでした。

アメリカで衣類を買う場合、つごうのよいのは、たいていの既製品に、これは、ワッシュできるとか、アイロンかけはいらないとか、ドライ・クリーニングが必要だとか、洗濯屋にだす場合には、熱いアイロンをかけないよう注意することとか、その品物を保存する上に必要な事項が、かならず小さい札に印刷されてついていることです。お店の人が、ワッシュできないのに、できるといったり、アイロンかけが必要なのに、いらないといったりすることはありませんでした。

これは、買物をするのには、たいへん安心なことでした。

こうして、旅行につごうのよい、たいして数多くもない身のまわり品を、あちこちで整えて、身軽に一年の旅を終えたわけですが、それらの品のじょうぶなこと、庶民の衣類はまったくの消耗品で、どんどん着すてるアメリカで買ったブラウス類さえ、四年もたつ今ごろになって、はじめてボタンの糸がきれたりするくらいです。

既製品の――または、時には、注文でつくったものさえ――ボタンは、ただボタンの位置を知らせるためにだけついているような日本のありさまを考えると、ちょっとこれは、ふしぎな気がするのですが、しかし、ふしぎがるほうがおかしいのでしょう。売るものにボタンをつけるいじょう、一つ一つを、おちないようにきっちりつけるのが、ほんとうであり、リボンも、洗濯しても、色が出て、ほかのところを台なしにしないようなのをつけるのが、ほんとうなのでしょう。ボタンやリボンの色は、おちるのがふつう、と考えているほうが、まちがいにちがいありません。

台風21号がすぎて、きゅうに涼しくなりました。現金なもので、あまり涼しげな物は、戸棚にぶらさがっているのを見るだけでも、うすら寒く、いっしょに住んでいる若い女の子と、ポンポンたたんで、箱にしまいこみました。しまいこみながら、私たちは、ついでに、「あら、これもアメリカじゃないの。」「これは、イギリスじゃないの。」といいあったり、「リボンとボタン」のことを批評しあったりしました。いいかげんこっちがあきるころになっても、その服どもは、まだピンピンしているのです。私が、衣装もちということでなく、破れないし、さめないから、すてられないで、毎年おなじものを着ているのです。

来年は、だれかにもらってもらわなければならないと思いました。いかになんでも、四年まえの色やがらは、こちらの顔色にあわないような気がしてきました。

手紙

　このごろ、私のようなもののところへくる郵便物さえ、そのかさがふえて、郵便屋さんは、郵便受け箱におしこむのに苦労するとみえ、ぎりぎりつっこんでゆくことや、またたまには、棒の先に鳥の巣のようにとまらせてある受け箱の屋根にのっけて、そのまま、いってしまうこともある。

　そして、その多くなった郵便物の内容は、週刊誌、P・R誌、雑誌、同人誌、請求書など。それらの分厚い封書のあいだに、平べったく、ひっそりと、数少ない私信がかくされているのである。時どき、忙しさにまぎれ、P・R誌や新聞だけだと思って、つみあげておき、まとめて整理すると、なかから用事のはがきなどとびだしていて、失礼してしまうこともある。

　手紙を待つことが人生のようにさえ思えた若いころとくらべて、郵便物に関するかぎり、なんというあじけない変わりようだろう。

　あのころ、家族あての郵便が、どさっと玄関にほうりこまれる瞬間の、そこにいのちが凝結したといっても大げさでないような期待。それからまた、その時きたいくつかの封書やはがきのなかに、自分あてのものがなかった時の、緊張の一時にゆるんだ、失望や落たんだけとはいえない一種の解放感。というのは、またすぐ、心のなかには、つぎの郵便の配達時間まで、期待がもりあがってゆくからだ。この性こりのなさというのが、若さというものなのかもしれない。

そのころは、東京近在に住んでいてさえ、いまのように速達や電話で、てきぱき物を片づける時代でなかったから、たしかに「手紙」というものの重さは、いまよりずっと大きかったろう。そんなに待った手紙への返事のなかに、私自身、じっさいには、どんなことを書いたのだろうと、このごろ、時どき、考えることがある。

その時は、けっこう、正直にありのままをぶちまけたつもりでも、いま読んでみれば、いたずらに大げさだったり、いやみだったりするのではないだろうか。私は、元来、わざとらしいことがきらいなのだけれど、若いということは、いろんなことをやってのけるものだから、いまみれば、はずかしくなるのではないかという気もちのために、いくつか持っている私自身の手紙を、私は読む気がしない。

そのころもらった、ひとからの手紙は、とってあったものも、戦争ちゅうに、大部分、燃してしまった。家が焼けたのではなく、いつ焼けるかわからないというころ、らくに身動きができるように、また、それまでの生活から、いっそ思いきりよくぬけだすために、ぽんぽん、炉の火のなかに放りこんでしまった。

その時燃さないでとっておいた手紙が、いま、バスケット一つに残っている。主に、二人の人間からもらった手紙で、一人は女、一人は男。私がいつか、たっぷり時間をつくって、丹念に読みかえしてみようと思っているのは、その女の人からの手紙である。

男と女のあいだの手紙は、それを書いた時の気もちが去ってしまってから読めば、居心地のわるいこともあるだろうが、女同士の手紙は、その時どきに、用事があったり、冗談をいったり、おこったりだから、気もちは変わらない。まして、私のその女友だちは、それらの手紙を書いたころ、長くは生きられないことを知っていたのだから、お座なりは言っていないのである。
二、三年に一度くらいのわりあいで、大掃除の時など、その人の手紙を二、三通とりだして、ひょっと読みはじめることがある。すると、私は、皮膚をむかれて赤はだかになった白ウサギのように物を感じやすくなる。その人の生きていた、若かったころが、まざまざと目のまえにかえってきて、じき死ぬ運命にあったその人に、私が言ってやらなければならなかったこと、してやらなければならなかったことが、はっきりわかり、私をいたたまらなくさせる。死んだ人に、私はむちうたれる気がするのである。べつに、紙の上に書かれた言葉そのものは、ちっともそんなことを語ってはいないのに。

だから、私は、とりだした二、三通をいそいで、またバスケットにしまいこむ。そして、いつか、ゆっくり——その人の手紙で、私が、いくらはだかにされても、あわてないでこらえられるような時、ゆっくり、その手紙のたばをほどいてみようと思っている。

私の周辺

この二、三年、むやみに物を忘れるようになった。これが、自分の家で物忘れをしている分には、たいして人にも迷惑をかけないが、昨年、三ヵ月ほど外国旅行をしたときなどは、ほとほと自分にあいそがつきた。

トロントの郊外で週末をすごし、日曜日の午後、そこから飛行場に送ってもらってニューヨークにとんだのはよかったが、二、三日するうち、ブラウスが一枚たりないことに気がついた。できるだけ軽い荷物で旅しているので、何か一つたりないと、すぐ不自由する。

十日ほどして、カナダから航空便で小さい荷物がとどいた。「また山小屋にきて、押入れをあけ、あなたのブラウスを発見したときはうれしかった。忘れ物をした人は、またかえってくるというから」というたよりがついていた。こっちをはずかしがらせまいという心づかいのわかるだけ、顔がカッとするほどはずかしかった。

ニューヨークからロンドンにとんだときは、念には念をいれて荷物をつくった。ロンドンのホテルについて、仕事の電話をかけようとすると、アドレス・ブックがない。ニューヨークを去る直前、いそいで、ある人に「さよなら」の電話をかけ、電話のわきにおいてきてしまったのである。これも大西洋をこえて、至急、送ってもらった。

こうした物忘れは、年のせいだといってしまえば、それまでだが、いまの世のなかのあわただしさが、私の精力で処理しかねるせいもたしかにある。私がほんとにしたいのは会に出たり、電話で応答したり、知らない人からの手紙に返事を書いたりすることではない。その間に、私は、日本の昔話をじっくりと読みあさり、家に本を読みにくる子の心をさぐり、私のなかから流れてくるものを書きたいのである。

上野駅の三人

いまも昔も、私は上野という地域一帯には少しもくわしくない。それなのに、幼いときに思いこんだことは恐ろしいもので、上野というと、花の都への入口という考えが、まず第一に頭にくるのである。

私は浦和に生まれ、明治よりずっとまえに生まれた祖父から、浦和は東京へ六里と教えられた。汽車のなかったころの祖父の東京への道筋は、志村の坂を通って、本郷のほうへと通じていたのだろう。けれども、私にとっては、上野が東京の玄関だった。一年に一度くらい、家のだれかにつれられて汽車から降りたつ、あのがらんとした、大きな駅――ああ、東京にきたなと思うのである。そこを出ると、にぎやかに店がならび、松坂屋があり、勧工場《かんこうば》があり、動物園や博覧会場などがあった。もちろん、たいていは、何か催し物のあるときにつれてゆかれたのだろうが、とにかく、小さな町から出かけていく子どもには、上野は、一日見ていてもあきない、わくわくするものがかたまっている場所だった。

大きくなって、上の学校に通うようになってからは、毎日の通学のため東京へいくのに、池袋のほうをまわったから、上野を玄関にはしないようになった。しかし、たまに、学校のかえり、博物館や美術館にまわることがあると、また、あの大きな上野駅で、切符を買い、東北線や信越線で、ちょうどいい時間の汽車を選び、遠くへ旅だつ人や、帰る人たちのあいだに席を見つけて、ひと昔まえのことを思いだしたりしたものである。そしてまた、ちょうどおとなになりかかりの私には、そのころが、一つの列車が、いろいろな人生をのせていることを、学びはじめた年ごろでもあった。そうしてあたりの人々の顔をながめながら、汽車の出るのを待つ若い私、その姿を、いまも思いだすことができる。

ある日、おかしなことがあった。私は、その日も、美術館のかえりであったか、いそいで汽車に乗りこんで、うまく一つの席を見つけた。その汽車は、もう大分まえからそこに待っていたとみえ、私のまえには、中年の男のひとが、すでにぐっすり寝こんでいた。私は、本でも出して読んでいたのだろうか。やがて、発車のベルが、けたたましく鳴りだした。私のまえの男のひとは、とたんに目をさました。きっとそのひとが、そのとき見た車内のようすは、そのひとが乗りこんだときとは、よほどちがっていたのだろう。そのひとは、あわてて、網だなの荷物をおろすと、発車まぎわの汽車からとびおりだ。

もう少し時間があったら、「ここ、上野ですよ。」と、私は、一応、そのひとにいってみたにちがいない。どうしても、そのひとは、乗りこしをしたと思って、とびおりたとしか、思えなかった。出てゆく汽車を、そのひとがプラットフォームからどんな顔をして見送ったかと思うと、気のどくとも、おかしいともいいようがなかった。あたりのひとたちは、ただ黙然《もくねん》として、このことには気をとめないかにみえたけれど。

また、べつのとき。夕方の汽車で、私より五つ、六つ年上の若い女のひとと、向かい合わせになった。そのひとは、あとからあとからあふれ出る涙を手ではらいながら、泣いていた。はんけちももっていないようだった。はたのことなど考えていられないというふうだった。

なぜかそのとき、私は、そのひとに声をかけることも、はんけちをさしだすこともできなかった。そんなことは、よけいなことなのだという気がした。そのひとは、どうにもできないほど、死ぬほどかなしいのだということが、私にわかった。私は浦和まで、じっとその涙をがまんしていった。

それから、もう一つの事件。これは、たしかに事件といってもいいものらしく、私に思える。私は、上野から浦和へでなく、浦和から上野へ出ようとしていた。学校が休みで、定期が切れていたのかもしれない、私が切符を買っていると、わきから、十四、五の、いちょうがえしに結った女の子が、私がまだお金をはらいおえないというのに、いそがしく手をだして、「茅場町《かやばちょう》ゆきの切符をください。」といった。

その子はよれよれの縞《しま》の木綿の着物を着、風呂敷包みを抱え、駅までも走ってきたようなようすをしていた。駅員は、茅場町まで汽車はいかないから、上野までいって、そこから電車に乗るのだとその子に説明した。その子は、上野までの切符を買った。

どういうわけか、汽車を待つあいだに、私はその子とぽつぽつ口をきくようになり――というより、その子が私についてきたような気がする――私たちは、並んで汽車のなかの席に坐った。

私は、どうもその子が、だれかに追われているような気がしてならなかった。だれか、茅場町に知っているひとがいるのかと聞くと、友だちがまっているのだと、その子はいった。その子が、その道を汽車でゆくのは、はじめてらしいので、私は、つぎつぎにとまる町のことなどを、その子に話してやりながら、その子の身の上については、何ひとつ聞きだせなかった。いまとなってはよくおぼえていないのだが、あたりの景色のことなどには、「はい、はい。」とうなずいて私の話を聞きながら、茅場町の友だちの話になると、まるで貝がふたをしめるように固くなってしまったような気がするのである。

私は、上野に着くと、その子に茅場町へゆく方向を教えてやった。けれども、はたしてそれが本当に「友だち」のところへゆく道だったのかどうか、それがひどく気にかかった。私は、その子を、私のいくところにつれてゆき、いっしょに家につれて帰るべきだったのではなかったかと、かなり長いあいだ、その子のことを思いだすたびに考えた。

これは、「上野」というより、「上野駅」の、五十年もまえの思い出である。

南口の亡霊。

荻窪という土地の名を口にすれば、かつて一人の友人がここに住み、私が足しげく彼女の家に通った（そして、その後、私も彼女の住んだところにずっと住むことになったのだが）、という理由で、いまも私の脳裡には、昭和ひと桁《けた》時代後半の荻窪駅周辺の印象がぬきがたく刻みこまれていて、時には、それを追い払うのにこまるほどである。

たとえば、現在、だれか、荻窪に不馴れなひとが、私を訪ねてきたいと電話をかけてくるときなど、私は駅から私の家までの道順を教えようとして、とまどってしまう。老いた私の頭に浮かんでくるのは、国鉄（ＪＲ）のほかに地下鉄が二本も通り、大きな駅ビルもついている、いまの荻窪駅とは、まったく別な光景であるからだ。

私が、これから何時間か、友だちとたのしい時間をすごせるという期待で胸をふくらませて、週に一度は荻窪の駅に降りたころ、この駅の周辺は静かだった。中央線の電車は地面の上を走っていたし、プラットフォームからは、木造の階段を、線路の上をまたぐ長いブリッジまでのぼっていく仕掛けになっていた。このブリッジには、横に細長いガラス窓がついていて、ここから西をのぞくと、家々の屋根の向うに富士山が見えた。ガラスがよごれているだけ、なお富士山は美しかった。ブリッジを右に曲がって、また階段を降りれば、南口の駅舎、左に曲がれば、北口の駅舎に出るのであった。

私は、南口に降りた。そして、線路に沿った、まだ舗装もしていなかった道を、新宿方面に向かって歩く。道の右側には、古い、つつましやかな店舗が並んでいたが、人通りは少なかったから、私は、その道をせまいと思ったことはなかった。一〇〇メートルほど先で、道はT字型にもう一本、右側に折れこみ、駅に近い方の角にお茶屋があり、遠い方が三菱銀行になっていた。三菱銀行のとなりが小さな郵便局。この局の前まで、新宿淀橋から古い青梅《おうめ》街道をつたって荻窪までを往来する路面電車が通っていて、ここが終点であった。

青梅街道は、チンチン電車と別れを告げると、少し駅寄りで線路をつっきり、踏切りを渡って北口へ通じていた。線路の上には、中央線の電車ばかりか、汽車（客車、貨車）が通っていたから、この踏切りではいつもかなりの人数の人たちが遮断機《しゃだんき》の上がるのを待っていた。

私は、踏切りを左に見、局の先、二、三軒の家を通りこして、右へ曲がる。すると、一応、家々はならんでいるが、左右の家並みは、いかにも裏通りという雰囲気になる。小さな植木屋さんの家がある。肉屋がある。その先に勤め人の家らしい門がまえの家がある。木立ちをずっとぬけていったところに、かすかに玄関の見える奥ゆかしそうな家があり、大きな竹藪《たけやぶ》に囲まれた藁《わら》屋根の家があり、その竹藪の先の四つ辻を左に曲がって三〇メートルほどいくと、低い木々をめぐらした、私の友だちの小さい家であった。

駅からの距離、約四分。私は、この四分間のどの一刻一刻も興味とたのしい気持なしに歩いたことがなかった。どの曲がり角にも、どの木立ちにも、どの家にも、歴史と生活があった。

いま、私は、荻窪南口周辺を、心に「デンジャラス・ゾーン」と呼んでいる。あたりは、コンクリートで固められ、せまいせまい道路に人と車がひしめき、私などは、大げさにいえば、「生還を期せず」の覚悟で家を出なければならない。

これが、繁栄なのであろうか。私の心の芯には、まだ道路も土であったころの、ひと気《け》の少なかった荻窪駅南口の出口の、まだ空が大きかったころの光景がこびりついてはなれないのである。

年月

軽井沢町追分《おいわけ》の山の家の本箱に、長いこと、古いカレンダーを重ねて巻いたものがおいてあった。毎夏、追分へゆく度にそれを見ながら、何とも思わず、ひらかずにいた。

昨年、ふと気づいて、その巻物をあけてみた。間に抜けた分はありながら、たくさんのカレンダーが揃《そろ》っていた。その年々に訪ねてきた友人たちの名前、泊っていった日数などが書き入れてあった。見てゆくうちに、その家ですごした過去からの風が、どっと顔に吹きつけた感じがして、私は胸を突かれた。

山の家を建てたのは、ついこの間のように思っていたのに、数えてみれば、一九六八年の昔である。私が夏ごとに追分へ通いはじめてから、まぎれもなく二十五年がたってしまったのだ。そういえば、この家を建てたころは、朝、日が昇ると同時に、台所に日光が水平に流れこんできて困ったことを思いだす。窓にひさしをつけようと考えて大工さんに相談したところ、よく人々が自分の家の駐車場の屋根にするような、青いプラスチックの板を使うようすすめられて、いやになって、ひさしの件は諦めた。

ところがいま、私の家の台所は一日暗い。台所ばかりか家じゅうが暗い。仕事をするときは、昼間も電気をつける。写真で見れば、新築のころ、一日陽光を浴びていた家は、いま、樹の中に沈んでいる。二十五年前、家を囲んでいた木々は、一本残らず「樹」に化してしまったからである。木を伐《き》ることのきらいな私が、洗濯物がかわかないために、夏ごとに、東側の木を二、三本ずつ伐ってもらっているのは、考えてみると、この二、三年来のことであった。地境いの三本の欅《けやき》などは大樹ちゅうの大樹。枝おろしをしてもらうには、どこへ願い出たらいいのかと、私を悩ましている。

巻いてあったカレンダーをあけてみたばっかりに、私は、それらをのぞきこんで、読みふけった二、三十分のまに、長い年月のあいだに出あったさまざまな人びと、さまざまな景色――たとえば一九八二年八月一日、近所のニセアカシヤや白樺の林をなぎ倒していった大あらしのあとの空の明るさ――などをまざまざと思いだして、切ないまでの昔なつかしさをおぼえ、茫然としたのだった。

長野の「山の家」にて執筆

自分と出会う

しばらくまえに、テレビで「臨死体験」というような題名の番組を見た。そのなかで、遭難した登山家、その他、生か死かという瀬戸ぎわに立ったひとたちの経験が紹介されていた。そうした極限状態に立ったとき、魂のようなものが遭難者の肉体からはなれて、生身の自分を外から見つめ、生還するようにと叱咤《しった》激励したという、体験者自らの証言つきのプログラムであった。

もちろん、おなじことを経験しても、そのあとすぐ、死んでしまったひとたちは、私たちの耳にとどくようにものをいうことはできないから、こうした証言は、九死に一生を得たひとたちだけのものであった。しかし、もしも亡くなったひとたちの証言を加えられるなら、このような事例は、もっともっと増えるのではないかと、私はテレビを見ながら、思わないわけにはいかなかった。

というのは、私のような平凡な生涯をすごしてきた者の過去をふりかえってみても、現実の自分が、確かに「もうひとり」の自分によって外から見られたと思える記憶が何度かあるからである。そのようなことのおこったとき、現実の私は、もうひとりの私から、観照的に、横から、後ろから、または斜め上からというように、さまざまな角度で見られた。

私自身の幼時のことで、最もはっきり思い出せるのは、四歳何カ月で祖父の死にあったときのことである。それから三、四年後、ひとりで親類に泊まりにゆき、夜中に死の恐怖におそわれた。そのときどきの打ちのめされた私の小さい姿は、きのうのことのように私の頭に刻印されている。

私の場合、外から見る側の自分には形はない。見る力だけのようである。そして、その目は、ピントの合った写真のようにその場の様子を映しだす。しかし、その力が、いつ発揮されるのかは、私にはまったく予期することができない。あとで、ふと思いあたって、そこに鮮明な写真が残っているのに気づくだけなのである。

この、こちらがまったく思いもうけぬときに、カメラのシャッターが切られてしまうという現象は、ひとの心が、どのような状態になっているとき起こるのだろうか。そのことが、いつも私をふしぎがらせる。それは、はげしい興奮を伴うときとばかりはいえないからである。

あるとき起こった、事件ともいえぬささやかなできごとを書いてみるなら、私は少しまえ、三歳ほどの男の子に小さい贈り物をした。その子は親に促されて、はにかみながら私によりかかり、「ありがとう、おばちゃん」といった。その子のぷちぷちした指が私の手にふれた瞬間、物の形にたとえるなら、ホタルの光の千倍ほどのものが、私に手渡された感じがし、カメラのシャッターが切られた。カメラは、私の斜め後ろからの姿、私によりかかる男の子、そればかりか、そばにいた二人のおとなも取りこんで一枚の写真とし、それは、くり返し私の心にかえってきて、暗いこの世の中で私の心を明るくしてくれるのである。

登山家たちのはげしい体験とは比ぶべくもないが、人間の心には何かの衝撃を感じたとき、外側から自分の姿をかっちり捕らえ、その記憶を一つの通過儀礼、または生きてゆく支えとするような力が備わっているように思えてならない。これが、科学的でない私の、この「もうひとり」現象に対する納得の仕方である。

このごろ

私は友だちから形見にもらった、かなり大きな机を使っているが、この上が手のつけようもなく散らかるのに、少しまえまでは大体六日かかった。日曜日に大掃除するとどうやら、また仕事のできる面積は回収できたのである。

ところが、最近はたえず、返事をだしてない手紙をかきのけ、読みかけの本をつみ重ねていても追いつかない。毎日が大掃除、さがし物の連続で暮れるありさまになってしまった。

物が散らかるのは、頭の中も混乱している証拠で、要するに、私はゴムののびきってしまったゴムテープのように、のびてしまったんだな、と、自己診断した。

この上は、どちら様へも不義理をして、ゴムのちぢんでくるまで――幸い、人間は再生するから――待つことだ、と考えたら、戸だなのなかのこまかい片づけ物やら、ごみ燃やしやら、ほんとにしたいことがむくむくわいてきて、小春日和がしみじみとありがたかった。

解説　ことばを「みがく」

東　直子

子どものときに読んだ本の記憶は、詳細は忘れてしまっていたとしても、私たちの心のいちばん深いところで、その礎を支える大事な要素となっている気がする。『クマのプーさん』や『ちいさなうさこちゃん』のやさしくて明るい日本語の響きは、育っていく子どもの心にじっくりとしみて、その心の一部になっていったに違いない。日本の児童書文化の礎を築いてくれた石井桃子さんの培った言葉は、多くの人の大切な心の財産となっている。

その石井さんのエッセイ集。日々の生活の中の細々とした思いや回想、仕事の思い出等を綴った小文たちが、それぞれ確かな光を灯しながら寄り添うように集っている。表題となった「みがけば光る」というタイトルのエッセイは、タイトルだけ見ると才能のことを書かれているのかと思ったが、書かれていたのは、話し言葉に関してのことだった。

石井さんより二十歳ほど年上の先生の「このごろの若い人は、わたしたちが『かしこまりました』とか、『承知いたしました』というところを、『承知しました』とか、『わかりました』っていうんですね。ときどきびっくりしますよ」というつぶやきが発端である。明治四十年生まれの石井さんの二十歳年上といえば、明治半ば生まれということになる。その世代の話し言葉の意識はさすがによく分からないとはいえ、「承知しました」「わかりました」が「びっくりします」ということに、びっくりしてしまった。今や普通の丁寧な言葉として定着していて、目上の人にもこの言い方で通してしまっているからだ。「戦前に育って、そういう固定観念ができてしまっている」という石井さんも「若い人にものをたのんで、『わかりました』と答えられると、『ブー』と鳴ることを期待していた汽笛が、『キー』と鳴ったようなびっくりさは感じる」と書いている。その上で、こう続けるのだ。「でも、まだ私は、『わかりました』をわるいとは断じない。わるいか、いいか、まだ答えがでないのだと思っている。『わかりました』は、わけのわかったことばだし、これから先、日本人が、しんぼうづよくこれにみがきをかければ、いい返事になるかもしれないではないか。」と。「わかりました」ということばを「みがく」。考えてもみなかったことで、はっとした。「わかりました」ということばは、明治生まれの方にとっては乱暴だったのだ。今後口にするときは、心して使わねば、と思う。

「ことばを『みがく』」といえば、表現の創意工夫をする、というニュアンスで今は使われている気がするが、石井さんが書かれた「みがく」は、そのことばをなげかける相手に、誠実に、気持ちをこめて、ていねいに伝えること、という意味が込められているように思う。つまり、自分の表現のためではなく、相手のための「みがく」なのだ。なんてすてきなことだろう、と思う。

思えば、石井さんが子どもの本のために残されたことばは、自己表現のためではなく、子どもがその内容をよりよく受け取れるためのことばだった。言葉に対する意識を知った上で、石井さんの関わった児童書を読み直すと、ますます味わいが深まる。

さらに、このエッセイ集の読みどころは、石井さんの人としての思いや経験が率直に描かれているところである。「知識人としてすてきな生活」を誇示するところは一切なく、ユーモアも交えながら、一人の人間の淡々とした生き方を率直に綴っている。菊池寛や太宰治と話をしたことも（あの『走れメロス』の誕生秘話も！）、戦後に山の中で農業を始めたことも、旅行先で忘れ物をしたことも、講演依頼をうっかり受けてしまったことも、すべて気負うことなくひょうひょうと描かれていて、不思議な親しさと共に気持ちよく読める。石井さんの肉体はこの世にもうないけれど、文章を読むと、すぐそばで生き生きと話しかけてくれているような気になる。

「あともどりがいいというのではない。けれども、［ファッションが・筆者注］生活とむすびつかないところにとんでいってしまうことは、美しさもなくしてしまうことだろう。」

「わからないことはわからないということ、そういうことをいっても、人に笑われはしまいかと考えて自分を傷つけるということをしないですむ精神的な安定感」

「私は、恋愛や結婚の当事者の見つめるべき、この『はるかなもの』が、一つの星でなければ、ならないとは考えません。それこそ、世の中には、数えきれないほどの星があるのです。」

やわらかな箴言のようなこれらの文言に、しばし立ち止まる。柔軟かつ真摯に生きることのすがすがしさに、胸がすく。

こうした短い文章に込められた鋭さに感じ入る一方、懐かしい時間を描いた文章が、実に美しい。「わが青春記」と題されたエッセイで、三十分以上かけて徒歩で高校に通学する様子を描いた場面を抜き出しておきたい。

「道は古い中仙道で、姉や私が途中で友だちをさそって、だんだん人数をましながら、つれだって、この古い街道を北からのぼっていくと、やがて、向こうから、道を一ぱいにうずめて、まっ黒い波が押しよせてきます。町のやや南よりにある駅から、逆に北へくだる高等学校、中学校の生徒の群です」

大正の終わり頃の、埼玉県の通学風景が、一枚の美しい絵として動き出したようで、とても好きな場面である。

高校卒業後、東京の女子大に進み、他の同級の女性たちと違って女に生まれたことを悔やまないと感じるその理由として「もし自分が男に生まれていたら、そのころの日本では、じぶんもそこらに見る男と同様、やがて結婚するだろう女を、きっとふみにじることになるのだという、少女らしい一てつな正義観をもっていたこと」をあげていることが、とても象徴的である。「まっ黒い波」から飛び立った鳥が、「少女らしい一てつな正義観」をもって、女性が働く場を切り開いていったのだ。戦後の職業婦人としてしなやかに生きてきた「一てつ」が、数々のエッセイを貫いている。

（歌人・作家）

初出一覧

きれいな手　『ニューエイジ』一九五二年八月、ニューエイジ社
仏頂づらは不道徳　『東京新聞』一九五二年十月二日、東京中日新聞社／『石井桃子集7』一九九九年、岩波書店
根無草　『装苑』一九五二年五月、文化服装学院出版局
外がわと内がわ　『装苑』一九六二年五月、文化服装学院出版局
脳を使わない人　『文藝春秋』一九六〇年一月、文藝春秋新社
人間くささ　『婦人公論』一九六二年三月、中央公論社
みがけば光る　『暮しの手帖』一九六六年二月、暮しの手帖社
「文化の日」に考える　『朝日新聞』一九七三年十一月三日、朝日新聞社
いそがしい世の中　『文藝春秋』一九六七年八月、文藝春秋
ある連想　『泉』一九五七年十二月
このたのしみ　『観世』一九五六年七月、檜書店
サルまね　『東京タイムズ』一九五六年五月十五日、東京タイムズ社
日本人のはにかみ　『初等教育資料』一九六〇年七月、東洋館出版社
金魚のうんち　『毎日新聞』一九六七年二月十四日夕刊、毎日新聞社

＊

のんびり屋　『主婦と生活』一九五三年七月、主婦と生活社
わが青春記　『高校時代』一九五七年三月、旺文社
ぼんやり者と恋愛　『東京新聞』一九五二年五月、東京中日新聞社／『青春記』一九五六年、修道社
目白の娘のむかしと今　『東京新聞』一九五六年五月十八日夕刊、東京中日新聞社
「文藝春秋」社と私　『文藝春秋』一九九八年二月、文藝春秋
わが百姓生活の弁　初出不詳、一九五一年
混雑からの逃亡　初出不詳、一九六三年七月
酪農組合の支払日　『産経新聞』一九五六年二月十八日、産経新聞社

山の隣人　『文藝春秋』一九五四年八月、文藝春秋新社
のんびりしたような世界　初出不詳、一九五三年二月

＊

ヘレン　『みちのだい』一九六〇年一月、天理教婦人会
ある友だち　『新日本文学』一九五九年六月、新日本文学会／『石井桃子集7』一九九九年、岩波書店
太宰さん　『文庫』一九五七年六月、岩波書店／『石井桃子集7』一九九九年、岩波書店
友だち　『「子どもに聞かせたいとっておきの話」第四集』一九五九年、英宝社
友情　『それいゆ』一九五四年夏号、ひまわり社
はるかなものをもって　『それいゆ』一九五六年四月、ひまわり社

＊

のぞいてみたい世界　『数学セミナー』一九六五年六月、日本評論社
頭のなかのひきだし　『英語と英文学』一九六一年六・七月合併号、研究社出版
テレビはお客さま　『東京新聞』一九六〇年三月四日、東京中日新聞社
私の聴覚　初出不詳、一九五七年十二月
放送ぎらい　『放送文化』一九五四年春号、NHK出版
講演と論文　『友』一九七四年八月、岩波ホール／『石井桃子集7』一九九九年、岩波書店

＊

おんなと靴下　『週刊文春』一九六一年四月～五月、文藝春秋
お母さんのぐち（四月十七日号）／やかましい女たち（四月二十四日号）／文化生活とスイッチ（五月一日号）／電車の中の紳士（五月八日号）／新鮮な目（五月十五日号）／お子さまむけ（五月二十二日号）
暮し寸評　『朝日新聞』一九六七年一月～四月、朝日新聞社
自画自賛（一月二十日）／テレビを見る顔（二月十七日）／生け垣の心（三月十七日）／「さよなら」と「よろしく」（四月十四日）
きのうきょう　『朝日新聞』一九六三年一月～六月、朝日新聞社
先生は、どこにでも（二月五日）／もうけもの（二月十九日）／こちらの事情（三月十二日）／グッド・デザイン（三月十九

日）／春の仕事（四月九日）／南と北（四月三十日）／美しい老年（五月七日）／イチゴ（六月十一日）

＊

三月の花　『大阪新聞』一九五四年三月四日、大阪新聞社／『石井桃子集7』一九九九年、岩波書店
キントキイモ　『報知新聞』一九六四年四月一日、報知新聞社
レモネード　『あまカラ』一九六六年七月、甘辛社
シユコオクレ　初出不詳、一九五三年七月
母のお雑煮『ガスニュース』一九六〇年一月、東京瓦斯株式会社
犬　ねこ　子ども『ガスニュース』一九六〇年六月、東京瓦斯株式会社
カンナはとぐもの　『東京新聞』一九五八年二月二日、東京中日新聞社／『石井桃子集7』一九九九年、岩波書店
三つのアルコール・ランプ　『世界』一九六二年八月、岩波書店／『石井桃子集7』一九九九年、岩波書店
広辞苑　『母の友』一九六五年二月、福音館書店
カレンダーさがし　『深沢紅子野の花美術館第二号』、二〇〇三年三月
リボンとボタン　『月刊社会教育』一九五八年十一月、国土社

＊

手紙　『現代女性講座6　手紙とあいさつ』一九六〇年五月、角川書店
私の周辺　初出不詳、一九六二年三月
上野駅の三人　『うえの』一九七七年六月、上野のれん会編集部／『石井桃子集7』一九九九年、岩波書店
南口の亡霊。『東京人』一九九五年十一月、都市出版
年月　『軽井沢高原文庫通信』一九九三年八月、軽井沢高原文庫
自分と出会う　『朝日新聞』一九九一年六月三日、朝日新聞社／『石井桃子集7』一九九九年、岩波書店
このごろ　初出不詳、一九六三年十一月

○表記は、新字新かなづかいに改め、読みにくいと思われる漢字には、ふりがなをふった。
○本文は、原文を尊重して用字・用語の不統一についてはそのままとしたが、明らかな誤記・誤植と思われるものは訂正した。
○今日では不適切と思われる語句・表現については、作品発表時の時代的背景と著者が故人であることなどを考慮して、原文どおりとした。（編集部）

＊本書は二〇一三年九月に小社より刊行された単行本をもとに、新たに数篇入れ替え、再編集したものです。

編集
大西香織
協力・写真提供
公益財団法人　東京子ども図書館

みがけば光《ひか》る

二〇一八年 三 月一〇日 初版印刷
二〇一八年 三 月二〇日 初版発行

著　者　石井《いしい》桃子《ももこ》
発行者　小野寺優
発行所　株式会社河出書房新社
〒一五一-〇〇五一
東京都渋谷区千駄ヶ谷二-三二-二
電話〇三-三四〇四-八六一一（編集）
〇三-三四〇四-一二〇一（営業）
http://www.kawade.co.jp/

ロゴ・表紙デザイン　粟津潔
本文フォーマット　佐々木暁
印刷・製本　中央精版印刷株式会社
落丁本・乱丁本はおとりかえいたします。
本書のコピー、スキャン、デジタル化等の無断複製は著作権法上での例外を除き禁じられています。本書を代行業者等の第三者に依頼してスキャンやデジタル化することは、いかなる場合も著作権法違反となります。
Printed in Japan ISBN978-4-309-41595-6

石井桃子記念 かつら文庫　ごあんない

かつら文庫は、子どもたちがくつろいで自由に本が読めるようにと願い、石井桃子さんが1958年にはじめた小さな図書室です。のちに東京子ども図書館へと発展し、現在はその分室として活動しています。地域の子どもたちへの本の読み聞かせや貸出のほか、石井さんの書斎の見学など、大人の方たちにもご利用いただける施設として、みなさまをお待ちしています。

1960年頃のかつら文庫　石井桃子さんと子どもたち

●所在地　〒167-0051　東京都杉並区荻窪3-37-11

●お問合せ

公益財団法人 東京子ども図書館

〒165-0023　東京都中野区江原町1-19-10

Tel.03-3565-7711　Fax.03-3565-7712　URL http://www.tcl.or.jp

＊開館日等の詳細はお問合せ下さい